文春文庫

ある晴れた夏の朝

小手鞠るい

文藝春秋

ある晴れた夏の朝

——目次

原《げん》爆《ばく》
肯《こう》定《てい》
派

ノーマン（リーダー）

ニューヨーク州生まれ。
愛犬家。
特技はアイスホッケー。

ケン

ニューヨーク州生まれ。
ヤンキースファン。
将来はミュージシャンになりたい。

ナオミ

マサチューセッツ州生まれ。
趣味《しゅみ》はガーデニングと
バードウォッチング。

エミリー

マンハッタン生まれ。
小説家志望。
好きな作家はハルキ・ムラカミ。

原爆否定派

ジャスミン（リーダー）

ハワイ州生まれ。
平和運動家。
趣味はヨガと瞑想《めいそう》と料理。

メイ

日本生まれ。
四歳《さい》まで日本に住んでいた。
ミドルネームはサクラ。

スコット

ニューヨーク州生まれ。
猫《ねこ》が大好き。
「天才」と呼ばれている。

ダリウス

ワシントンDC生まれ。
将来は医師になりたい。
趣味は漫画《まんが》を描《か》くこと。

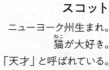

プロローグ ——二〇一四年四月 日本

みなさん、はじめまして。

私の名前は、メイ・ササキ・ブライアンといいます。

これから一年間、みなさんといっしょに、楽しく英語を学んでいきたいと思っています。きょうは日本語で話しますが、つぎの授業から、教室のなかでは全員、英語だけを使うようにします。

まず、自己紹介《じこしょうかい》を少しだけ。

それから、私がなぜ、日本の中学校の英語の教師になって、こうしてみなさんの前に立っているのかについて、お話ししたいと思います。

私のファーストネームの「メイ」は、「May」とつづります。

五月に生まれたので、両親は私にこの名前をつけてくれました。

みなさんも私のことを「メイ」と呼んでください。アメリカではだいたいだれもが、ファーストネームで呼びあいます。先生と生徒でも。上司と部下でも。私もみなさんのことをファーストネームで呼びます。

ササキは母のファミリーネーム、つまり、苗字《みようじ》ですね、ブライアンは父のファミリーネームです。日本人である母と、アメリカ人である父が結婚《けっこん》したとき、ふたりは、ふたりの苗字をつないで、ひとつのファミリーネームにしました。

日本では、結婚すると、どちらかの苗字を選んで、夫婦は同じひとつのファミリーネームを名乗りますね。アメリカではこんなふうに、ふたつの名前をくっつける人がいます。おかげで私は、答案用紙に名前を書いたり、書類にサインをしたりするとき、ほかの人よりも時間がかかってしまって、たいへんでしたけれど。

じつは、メイのうしろにはもうひとつ、「サクラ」というミドルネームまであるんです。これは、ふだんはあまり使わないようにしています。だって、メイ・サクラ・ササキ・ブライアンなんて長すぎるし、だれも覚えてくれませんからね。

私を「桜ちゃん」と呼んでくれていたのは、当時、岡山に住んでいた母の両親、おじいちゃんとおばあちゃんだけです。ふたりともすでに亡《な》くなってしまいましたが。

私が四歳《さい》になるころまで、私たちはこの祖父母の家で、五人で暮らしていました。

その後、両親と私は、ニューヨーク州に引《ひ》っ越《こ》しをしました。

マンハッタンのペンステーションから、電車で一時間半ほど北上したところにある、ラインベックという名前の町です。すぐ近くにはハドソン川が流れていて、森や湖もあって、とても美しい町です。

町はずれには、野原や草原や牧場が広がっています。りんごの産地でもあります。

父が、ラインベックの近郊《きんこう》にあるアート系のカレッジで働くことになったため、私たち三人は、アメリカに移り住むことにしたのです。

母の職業は翻訳家《ほんやくか》です。英語で書かれた作品を日本語に訳しています。その逆の仕事もときどき引き受けているようです。

家族はほかに、犬と猫《ねこ》がそれぞれ一匹《ぴき》ずつ。犬の名前はタロー、猫の名前はクロエといいます。あとでみなさんに、二匹の写真をお見せしましょうね。

さっきも話したとおり、私は日本で生まれましたが、残念ながら、日本のことはほとんど覚えていません。四つになるまでどんな町で暮らして、毎日、どんな景色を見ていたのか。昔のアルバムには、幼稚《ようち》園児《えんじ》だった私が写っています。でも、いったいどんな幼稚園に通っていたのか、日本人の友だちがいたのかどうか、うまく思い出せません。

おさないころから、母とは日本語で会話をしていました。父は日本語がしゃべれないので、三人で話すときには、英語に切りかえていました。

アメリカに引っ越してからもこの習慣は変わりませんでしたが、私が小学生になってからは、家から一歩、外に出れば、先生も友だちも、まわりの人たちはみんな英語しか話さないので、私はそれまでに覚えていた日本語を少しずつ、とちゅうからは加速度をつけて、忘れていきました。

かろうじて覚えていたのは、「おはよう」「ありがとう」「さようなら」「こんにちは」「いただきます」「ごちそうさま」「おいしいね」「きれいだね」「おもしろいね」などなど。外国人が日本へやってきたとき、最初に覚えるような言葉ばかりですね。

祖父母や母は残念がっていましたけれど、しかたがありません。いつのころからか、母とも英語で話すようになっていました。そうして、小学校を卒業するころには、私の頭のなかから、日本語はすっかり消えてしまい、同時に、日本に対する興味も失われてしまっていたのです。

そんな私がなぜ、いっしょうけんめい日本語を勉強し、日本語を身につけて、将来は日本へ行って仕事をしたいと思うようになったのか、これは少し長いお話になりますが、ぜひ最後まで聞いてください。

今から十年ほど前のことです。

二〇〇四年の夏。私は十五歳。高一が終わって高二になる直前。アメリカでは、中学は二年まで、高校は四年まであり、九月から新学期が始まるので、日本の学年でいうと、中三が終わって高一になる前ということになります。

ある晴れた夏の朝

始まりの日　――二〇〇四年五月

五月のなかばを過ぎた、日曜の朝のことだった。

もうじきメモリアルデイの三連休がやってくる。戦没将兵追悼記念日《せんぼつしょうへいついとう》。戦争や軍事行動によって亡《な》くなった、すべてのアメリカ人兵士を悼《いた》む国民の休日。

それが終わると、夏と夏休みが始まる。

六月から八月までの三か月。

夏休みが明けたら、わたしはハイスクールの二年生。小学校から数えれば、九年生を終えて、十年生になる。

「ねえ、夏休み、どうするの？」

「あたしはカナダでサマーキャンプよ」

「私は両親とヨーロッパへ海外旅行」

「ボランティア活動。今年は動物保護施設《しせつ》へ行くの」

「メイは？」

「まだ、決めてない」

この季節になると、決まって、友だちとのあいだで、そんな会話が交わされる。

去年の夏休みには、テニスのサマーキャンプに参加した。スポーツ施設に泊《と》まりがけで四週間ほど、プロの先生からレッスンを受けた。ちっともじょうずになれなかった。

その前の年は水泳のキャンプ、その前は乗馬のキャンプ。小学生のころは、デイキャンプに行かされていたっけ。毎日、家から教会まで通《かよ》って、教会の敷地内《しきちない》にある施設で、図画工作や音楽や陶芸《とうげい》や、ガーデニングやクッキングの授業を受けていた。せっかく学校が休みになっているというのに、これじゃあ、学校へ行っているのとおんなじじゃない？　と、うんざりしながら。

今年は、どんなキャンプに参加するか、どんなキャンプにも参加しないのか、まだ決めていない。友だちからは、山岳《さんがく》キャンプに行かない？　って誘《さそ》われているけど、決心がつかない。だって、毎日、朝から晩まで、重い荷物を背負って山登りをするなんて、なんだか苦行《くぎょう》みたい。想像しただけで、息が苦しくなってくる。

友人のなかには、サマーキャンプにも旅行にも行かないで、三か月間ずっと、アルバイトをする予定の子もいる。お金をためて、大学進学の費用にあてるんだって言ってた。

わたしもアルバイト、しようかな。このあいだ、ベイビーシッターの講習も受けたことだし。わたしに仕事を頼《たの》んでくれる人、いるかなぁ。

そんなことを考えながら、家の二階にある勉強部屋で、ぼんやり窓の外をながめていると、母の声が聞こえてきた。階段の下から、わたしを呼んでいる。

「メイ、あなたのお友だちが見えてるわよ。何か特別に、あなたにお話ししたいことがあるんですって。わざわざいらしてくださったのよ」

特別な話？　いったいだれが？　なんなの？　電話もメールもなしでいきなり？

頭のなかがクエスチョンマークだらけになっている。

いすから立ち上がって、わたしは答えた。

「うん、わかった。すぐにおりていく」

母がリビングルームへ招き入れていた「あなたのお友だち」のすがたを目にして、思わず「ああっ」と声を上げてしまった。小さな声だったけれど、おどろきは隠《かく》せなかった。

窓辺のソファーに並んで腰《こし》かけていたのは、なんと、ハイスクールの先輩《せんぱい》たちではないか。しかも、ふたりとも男子。

ひとりは、一学年上のノーマン。成績はトップクラス。スポーツ万能でも有名。とくにスキーとアイスホッケーが得意らしい。雪だるまみたいにでっかい人。彼《かれ》はたぶんアイルランド系。なぜなら、ノーマンの苗字《みょうじ》と、わたしの父の苗字は同じ、ブライアンだから。

もうひとりは、小学生のときと中学生のとき、飛び級でポンポーンと、ふたつも学年が上に上がったスコット。すごく頭のいい人。科学クラブに入っている。愛称《あいしょう》は「天才スコット」。別名「コンピュータ博士」。たしか、わたしと同い年のはずだけど、学年はノーマンよりも上。

どちらも、女子学生の「つきあいたい人ベスト5」にかならず入っている。ハンサムで頭がよくてクールでかっこいい。わたしにとっては遠すぎて、あこがれることさえ、ためらわれるような雲の上の人たち。

どうして、彼らがふたりそろって、うちに?

自分の家なのに、おどおどしながら、わたしはふたりにあいさつをして、ソファーに浅く腰をおろした。

母はキッチンで、紅茶か何かをいれている。

ふと、車寄せのドライブウェイに目を向けると、ガレージのドアの前に、あきらかにひと昔前のおんぼろ車がとめられている。きっと、ノーマンが運転してきたのだろう。

十六歳になったとたん、男の子たちは「待ってました」と言わんばかりに、車の免《めん》許《きょ》をとる。それから、おとうさんからお古の車をゆずってもらって、その車で女の子をデートに連れていく。わたしにはあんまり縁《えん》のない話だけれど。

「スコット、ノーマン。本日は何かわたしに、いったいどんなお話がおありなんでしょう？」

ふだんはあまり使うことのない、ぎこちない丁寧語を使ってしまった。どぎまぎしているわたしとは対照的に、ふたりは頬《ほお》に余《よ》裕《ゆう》の笑《え》みを浮《う》かべている。彼《かれ》らに見つめられて、わたしの頬はピンク色に染まる。

ノーマンが話を切り出した。

「じつはね、メイ、きみにひとつ、頼《たの》みたいことがあって訪ねてきた。八月にね、コミュニティセンター主催《しゅさい》のカルチャーイベントとして、ぼくらは公開討論会を開くことにした。参加者には単位も与《あた》えられる。つまりこのディスカッションは、サマースクールでもある」

わたしにはまるで関係ない話が始まったと思った。

「ディスカッションですか？ 公開ってことは、会場に聴《き》きに来る人もおおぜい？」

問いかえすと、天才スコットが答えた。

「そのとおりだ。満員になっている会場で、ぼくたちはホットな討論をする。まあ、どちらかといえば、ディベートに近いものになるかもしれないな」

ディベートというのは、なんらかのテーマに関して、異なる意見を持つ人たちがふたつのチームに分かれて、あるいは一対一で、議論を戦わせる討論の形式で、ついこのあいだも、社会科の授業中、銃《じゅう》の規制をめぐるディベートをしたばかりだ。

そのときには、自分の本音とは関係なく、賛成派と反対派のグループに分かれて、意見を戦わせた。わたしは反対派のグループにふり分けられた。つまり、わたし自身は銃社会をよしとしているわけではないのに、銃規制に反対する立場から意見を主張しなくてはならなかった。意見を発表するための事前のリサーチとして、さまざまな資料を集めたり、分析《ぶんせき》したり、町の人たちにインタビューをしたりした。このような活動を通して、それまでは見えていなかったさまざまな問題点が浮きぼりになってきて、とても興味深かった。最後にみんなで投票をして、勝ち負けを決めた。

天才スコットの話によると、今回の公開討論会の出場メンバーは合計八人。四対四に分かれる。スコットとノーマンのほかに五人の出場者が決まっていて、全員、わたしよりも上の学年の人たち。よく知っている人もいれば、名前と顔がすぐに一致《いっち》しない人もいた。

ノーマンが身を乗り出して言った。

「そこでだね、メイ、きみにもぜひ、この討論会に出場してもらえないかと思っている」

「え！　わたしにですか？」

「ほかにだれがいるんだ？　ここって、きみんちだよな？」

あたりをきょろきょろ見まわしながら、天才スコットがジョークを飛ばす。

「それとも、あそこですやすやお昼寝中《ひるねちゅう》の猫氏《ねこし》にお願いするかな」

「うわぁ、困ります。わたしには自信がないです。ディベート、あんまり得意じゃないんです。できればほかの人に」

お願いしてください、と、言いかけているわたしの言葉をさえぎって、天才スコットはぴしゃりと言う。

「悪いけど、きみ以外に、適任者というか、頼《たの》みたい人がまったく思い浮《う》かばないんだ。そうだ、かんじんなテーマをまだ伝えていなかったな。だからきみには話がよく見えてこないんだろう。討論会のテーマはだな、ずばり『戦争と平和を考える』。そのために、われわれは、広島と長崎への原子力爆弾《ばくだん》投下をとりあげる。原爆《げんばく》投下は、ほんとうに必要だったのか。そこから討論を深めていって、原爆の是非《ぜひ》を問う」

「原爆の是非……」

「メイ、きみは当然のことながら、あの原爆投下が正しかったなんて、思ってないだろ?」

「あ、はい、それはそうですけど、でも……」

わたしのとまどいを無視して、天才スコットはぐいぐい押《お》してくる。

「うん、それでいい。きみは否定派だ。今回は、八人が原爆肯定派《こうていは》と原爆否定派に分かれて、徹底的《てっていてき》に議論を戦わせることになっている。もちろん事前のリサーチも綿密におこなう。ただし、一般的《いっぱんてき》なディベートのような形式的なふり分け方ではなく、日本に対してなされた原爆投下を肯定するか、否定するか、各自の考え方をもとにして、ふたつに分かれている。つまり、肯定派《こうていは》は肯定派の席につき、否定派は否定派の席につく。ぼくは否定派だ」

肯定派と否定派、それぞれ三人ずつ、六人はすぐに決まったという。

ちょうどそのとき母が、紅茶のポットとカップをおぼんにのせて運んできてくれた。彼女《かのじょ》は「原爆《げんばく》」という言葉をどのように受け止めているだろう。あとでたずねてみようと思った。

ノーマンは、すずしげなスポーツマンの笑《え》みを浮《う》かべたまま、礼儀《れいぎ》正しく母にお礼を言ったあと、わたしの顔を見ながら、こんなことを言う。

「そういえば、ついさっき、きみのおかあさんから聞いたんだけど、今年の夏休みの予定、まだ何も決まっていないそうじゃない？」

ああ、まずい。これじゃあ「サマーキャンプに行きますので」と言って、断ることができない。

「でも、どうして、わたしに？」

問いかけながら、思っていた。原爆イコール日本？　つまり、わたしが日系アメリカ人だから？　でも、もしもそうなら、日系アメリカ人は校内にまだ何人かいる。たしか、十人くらいは、いるはず。なのに、なぜ、わたしなの？

天才スコットの答えは、こうだった。

「否定派のリーダーは、ジャスミンだ。きみは反戦・平和運動家のジャスミンを知ってるね？　うんうん、当然、知ってるよな。彼女は有名人だからね。そもそもこの企《き》画《かく》とテーマを打ち立てたのはジャスミンなんだ。きみをスカウトしてこいと指示を出したのも彼女だ」

「えっ？　ジャスミンが指示？　ほんとですか？」

おどろいた。

ジャスミンが「戦争と平和」というテーマと、「原爆」という議題を選んだ、ということに対しては、おどろきはまったくない。去年の三月、英米軍がイラク攻撃《こうげき》を開始したとき、彼女は地元の反戦団体と組んで、校内集会を開き、ほかの学校の生徒たちにも呼びかけて、デモをおこなった。天才スコットの言ったとおり、彼女は生徒たちだけじゃなくて、地元の人たちにもよく知られている。

そんな彼女がなぜ、わたしみたいな目立たない生徒に白羽《しらは》の矢を？

「じつはだな、きみ以外にも候補は五人いた。四人には、あっさり断られた。夏の予定がすでに決まっていたからだ」

「残りのひとりは？」

「ケンだった」

ケンはわたしと同じ日系アメリカ人だ。わたしとちがって、彼《かれ》の両親はどちらも、アメリカ生まれアメリカ育ちの日系人だけれど。

「ケンにもほかに予定が？」

「いや」

天才スコットはそこで、息継《いきつ》ぎをするように言葉を切って、それから強い口調で一気にまくし立てた。

「ケンはわれわれのリクエストに応じて、ただちに出場を決めた。ただし、肯定派《こうていは》としてだ。いいか、きみと同じジャパニーズ・アメリカンのケンが、日本に対するアメリカの原爆《げんばく》投下を肯定してるんだぞ。きみはそれに異を唱えたいとは思わないのか？世界ではじめて被爆《ひばく》を体験した国は、きみのふるさとでもあるだろう」

ふるさとと言われても、おさないとき何年か住んでいただけで、わたしにとっては外国みたいなものなんですけど。と、言いたい気持ちをおさえて、わたしはたずねた。

「あの、ノーマンは肯定派、なの？」

ノーマンは笑《え》みを絶やすことなく、こくんとうなずく。

「この世には、必要悪ってものがあると、ぼくは信じてる」

「でもスコットは、否定派なのね？」

「もちろんぼくは否定派だ。ナチスを否定するのと同じレベルで、原爆を否定している。否定派は、ジャスミンとぼくと、あとひとり、ダリウスだ。きみが四人めだ。学校では『原爆投下は、戦争を終わらせるために必要だった』と教わったよな。しかし、学校で、いつも正しいことを教えているとはかぎらない」

天才スコットの声がますます熱を帯びてくる。

「まあまあ、スコット。今はそれくらいにしておかないか。そのつづきは討論会の会場で正々堂々と」

「そうだな」

正反対の意見を持っているスコットとノーマンが、わたしの目の前に、仲よく並んですわっている。

この国では決して、めずらしいことではない。異なる意見を持つ、ということと、友情とは、はっきり分けて考えなくてはならない。わたしの通っている学校の先生たちは、常日頃《つねひごろ》から生徒たちに、そう説いている。意見だけじゃなくて、感じ方や性格や好みや主義主張、人種、民族、宗教などをふくめて、人と人は異なっている。異なっているからこそ、人間というのはおもしろいのだし、わたしたちはその差異を受け入れ、異文化を学び、成長していかなくてはならない、と。

頭ではわかっている。いや、わかっているつもりだ。

天才スコットがわたしの目をまっすぐに見て、言った。

「あらためて確認するまでもないことだが、きみは絶対に否定派だ。言うまでもないことだよな。そうだ、日本への原爆《げんばく》投下を肯定《こうてい》することなど、きみにはできないはずだ。そうだな？　イエスだな？」

「あ、はい」

反射的に、うなずいてしまう。

ノーマンが指をパチンと鳴らした。

「おお。イエスなんだね、じゃあ、いいんだね。引き受けてもらえるんだね。ありがとう、ありがとうメイ、とてもうれしいよ」

「引き受ける」という意味で「イエス」と言ったわけではないのに、ノーマンはわたしの手をとって「ありがとう」をくりかえしている。もうあとへは引かせない、という感じの握手《あくしゅ》だ。

「ありがとう。ぼくもとてもうれしい。ジャスミンもさぞ喜ぶことだろう。これで勝てる見こみがかぎりなく濃《こ》くなってきたぞ」

天才スコットは自信たっぷりな表情でそんなことを言う。

ノーマンは、天才スコットとわたしに向かって、憎《にく》らしげに言い放った。

「負けないからね、ぼくは。メイ、きみには感謝するけど、勝負には負けないよ。打ち負かしたかったら、きみたちもそれなりの努力をしないとね」

負けずに、天才スコットが言いかえす。

「ははは。甘いね。この世には、努力だけでは乗り越《こ》えられないものがあるんだ。いいか、チームプレイにおいて、何よりも重要なのは人材だ。人材獲得《かくとく》だ。われわれは、メイというすばらしい人材を得た。もう勝ったようなものだ。な、メイ、そうだな？　日本に原爆を落とす必要があった、なんて言ってるやつらを、こてんぱんにやっつけてやろうぜ」

こうなったらもう、あとへは引けない。そんな気持ちになってきた。

ケンが原爆肯定派《げんばくこうていは》。ジャスミンからのリクエスト。そういう理由も、もちろんあった。それ以上に、「原爆」という言葉に、わたしは心をつかまれていた。遠い過去に、遠い国、日本に落とされた原爆が、なんだか身近なもののように思えてならない。

「わかりました。がんばります。よろしくお願いします」

「じゃあ、打ちあわせをふくめて、このあとのスケジュールについては、電話やメールで知らせるから。追って、ぼくらのリーダーのジャスミンからも連絡が届くだろう。いいね？」

「はい、わかりました」

そのときはまだ、何もわかっていなかった。

六月から八月まで、三か月の夏休みが、どんなにたいへんな日々になるのか。

想像もできなかった。汗《あせ》だけじゃなくて、涙《なみだ》もたくさん流すことになるなんて。

睡眠時間をけずって、山ほどもある資料や本を読みこんだり、図書館のいすの上にお尻《しり》から根を出したように座《すわ》って調べ物をしたり、朝から真夜中まで、うす暗い部屋でひたすら動画を見つづけたり、前のめりになって、パソコンにへばりついたままになったり。

とにかく、友だちや両親と遊びに出かけるひまも、犬を散歩に連れていくひまも、猫《ねこ》とごろごろしているひまもないほど忙《いそが》しい夏休みの、それが始まりの日だった。

よく晴れた、五月のその朝、おんぼろ車に乗って去っていくノーマンと天才スコットを見送りながら、わたしは、新しい物語が始まったような、何かがのっそりと動き出したような、そんな気配を感じていた。

気配というよりも、予感といったほうが近いだろうか。

そのときにはまだ、草原に落ちているひとつぶの草の種みたいな、小さな小さな予感に過ぎなかったけれど。

公開討論会　第一回

――ラウンド1

大統領の決断

すがすがしい夏の朝だった。

アイスミルクティーをのみながら、母の焼いてくれたパンケーキと、父のつくってくれたフルーツサラダを食べたあと、裏庭に出て植物たちに水やりをした。母の育てているオールドローズと、父の育てているハーブとトマト、わたしの育てているひまわりとコスモス。

真夜中に降った雨のせいか、地面から、土の匂《にお》いがもわっと立ちのぼってくる。吸いこんで、深呼吸をする。肺のなかを、夏の香りが通りぬけていく。

裏庭の奥《おく》には、野原が広がっている。緑の草の上で、もんしろちょうたちがふわふわ舞《ま》っている。まるで小さなバレリーナが踊《おど》っているみたい。草のなかから、いつ妖《よう》精《せい》が出てきてもおかしくない。

野原の手前にある池には、野生のすいれんが浮《う》かんでいる。

ひとつ、ふたつ、三つ……。

わたしは花の数を数える。これは夏の朝の習慣みたいなもの。

今朝は八つも咲《さ》いている。白が三つ、ピンクが五つ。池の面《おもて》から、まっ青な空をまっすぐに見あげるようにして。

どこからか、黄色い羽毛を持ったアメリカン・ゴールドフィンチが飛んできて、池のそばで咲いているあざみの花の上にとまった。フィンチはあざみの花が大好きだ。

一枚の絵画のように美しい夏の朝のなかで、わたしはふと思った。

今から五十九年前のきょう、広島の人たちは、どんな空を見ていたのだろう。

「みなさん、ご存じのとおり、きょうは八月七日です。一九四五年のきのう、日本時間の八月六日の朝八時十五分、アメリカは広島に原子爆弾《ばくだん》を落としました。人類の歴史が始まって以来、これがはじめての都市への原爆《げんばく》投下でした。私たち八人は、本日から毎週土曜の午後、四回にわたって、この原爆投下の是非《ぜひ》を問いながら、われわれ人類の永遠のテーマである『戦争と平和』について、みなさんといっしょに考えていきたいと思います。では、討論会に参加してくれるメンバーを紹介《しょうかい》します」

このイベントの企画《きかく》立案者、ジャスミンのあいさつが始まった。

ここは、町の図書館のなかにある小ホール。

午後一時に受付が始まってほどなく、百席ほどのシートは、あっというまに満席になり、手伝いのスタッフたち――みんな、わたしたちの通っている中・高校の生徒たちだ――は、通路や壁《かべ》ぎわや会場のうしろに、折りたたみ式のいすを並べるのに大忙《おおいそが》しだった。

こんなにおおぜいの人が集まるなんて、想像もしていなかった。

わたしは緊張《きんちょう》と不安でガチガチになっている。

どうしよう、こんなにたくさんの人たちの前で、うまく発言できるだろうか。相手チームのトップバッターに負けないように、しっかりと意見を主張しなくてはならない。とにかく、味方チームの足を引っぱるような失敗だけは、しないようにしなくては。

「だいじょうぶよ、メイ。あなたがつまずきそうになったら、私たち三人がちゃんとフォローするから。自信を持って、堂々と発表してね。これまで調べに調べて得た情報が私たちのいちばんの味方よ」

始まる前に、ジャスミンはそう言って、最年少のわたしをはげましてくれた。

舞台《ぶたい》の中央には、スタンドマイク付きの演壇《えんだん》がある。

わたしたち八人はそのうしろに、左右四人ずつに分かれて座《すわ》っている。

四人の前に置かれている横長のテーブルの上には、数台のラップトップパソコンのほかに、さまざまな資料や書籍《しょせき》などが所せましと並べられている。パソコンを操作すれば、背後のスクリーンに、写真や動画を映し出せるようになっている。

姿勢を正して、唇《くちびる》をきゅっと真一文字《まいちもんじ》に結んだまま、わたしは顔だけを動かして会場を見わたしてみた。

とたんに「ああ、もう」と、顔をしかめそうになる。

「会場には入らないで。聴《き》きに来ないで。あとで、迎《むか》えに来てくれたらそれでいいから」

と、あんなに念を押《お》しておいたのに、うしろのほうに父のすがたを発見したからだ。

わたしに見つからないようにしようと思っているのか、うちの猫《ねこ》みたいに背中を丸めて座っているけれど、長身だから、そんなことをしてもむだ。

母は翻訳《ほんやく》の仕事のしめきりが迫《せま》っているらしくて、きょうは一日中、家で仕事をしなきゃ、と言っていた。父の仕事は休みなので、ここまでわたしを車で送ってきてくれた。こんなことなら、ジャスミンに送り迎えを頼《たの》めばよかった。

父や先生たちのほかにも、知っている人の顔がちらほら。近所に住んでいる老夫婦、散歩のとちゅうや公園などで、ときどき顔をあわせる家族、行きつけの本屋さんで働いている人、家族ぐるみでつきあっている両親の友人など。

ああ、いやだなと、わたしはまた思ってしまう。

恥《は》ずかしいな、失敗したらどうしよう。

さっきから、そんなことばかり考えている。心配症《しんぱいしょう》であがり症なのは、持って生まれた性格だから、しかたがない。

「メイ、息を吐《は》くんだ。吸うんじゃなくて、ゆっくりと吐くだけでいいんだよ。口を少しだけあけて、息をおなかの下のほうへ移動させるようにしながら吐いてごらん。そうすると、自然にリラックスできるよ」

ついさっき、車のなかで父が教えてくれた呼吸方法を、そっと試してみる。

ちっとも効かない。まだ心臓がどきどきしている。

右どなりに座《すわ》っているダリウスの横顔を、ちらっと見てみた。俳優のデンゼル・ワシントンをうんと若くして、高校生にしたら、ダリウスになる。彼《かれ》はいつもゆったりと落ちついていて、おだやかで、ものごとに動じない。まるで大木みたいだ。

ダリウスの右には、天才スコット。わたしたち原爆《げんばく》否定派の「頭脳」と言えるような存在だ。事実、彼の頭のなかには、百科事典と、歴史書が軽く十冊くらいは入っている。ほんとうに頼《たよ》りになる。

スコットの右の、演壇《えんだん》にもっとも近い席がリーダーのジャスミンの席。彼女《かのじょ》は今は演壇に立っている。ジャスミンは、スピーチがとてもうまい。人をつつみこむような、あたたかい声は低音で、ちょっとだけかすれている。ジャズシンガーがスローバラードを歌うようにして、やさしく、熱く、静かに語る。心の奥底《おくそこ》まで深く、流れこんでくるような語りだ。説得力がある。

向かいの原爆肯定派《こうていは》のテーブルには、演壇に近い席にリーダーのノーマン。ノーマンの左どなりにはナオミ。ナオミのファミリーネームは「コーエン」だから、彼女はきっとユダヤ系なのだろう。すずしげな花もようのワンピースすがた。ほっそりした体にとてもよく似あっている。

その左にチャイニーズ・アメリカンのエミリー。エミリーが中国系であることは、やっぱり苗字《みょうじ》でわかる。彼女の名前は、エミリー・ワン。エミリーのファッションは、白いポロシャツにブラックジーンズ。頭には、ブルーの羽根《はね》飾《かざ》りのついた赤いベレー帽《ぼう》。長い黒髪《くろかみ》。なんて、おしゃれなんだろう。

エミリーの左には、ケンが座《すわ》っている。ケン・カワモト。彼《かれ》はわたしと同じ、ジャパニーズ・アメリカン。ヤンキースのTシャツに、ヤンキースの野球帽をさかさまにかぶっている。ケンの両親は、どちらもアメリカ生まれアメリカ育ちの日系アメリカ人。わたしの両親は、母が日本人で父がアイルランド系アメリカ人。

会場に集まっている人たちは、ケンとわたしが肯定派《こうていは》と否定派に分かれて座っているのを見て、ふしぎに思っているだろうか。ケンはなぜ、日本に落とされた原爆《げんばく》を肯定しているのか。わたしと同じ疑問をいだいている人は、会場にもいるだろうか。

ジャスミンによるメンバー紹介《しょうかい》が終わった。

さあ、いよいよ討論会の始まりだ。

回数は、合計四回。

事前の話しあいによって、第一回と第二回は、原爆肯定派の意見発表から始められることになっている。第三回でそれを入れかえて、残りの二回は否定派から。回ごとに、どちらに軍配《ぐんばい》を上げるか、集まった人たちに投票をしてもらって、勝ち負けを決める。そして、第四回が終わったあとに、最終的な勝敗を決定する。

肯定派のリーダー、ノーマン・ブライアンが立ち上がって、演壇《えんだん》に向かった。いつものカジュアルなファッションとはちがって、きょうは、クリーニング店からもどってきたばかりのように見えるシャツに、オリーブグリーンのサマージャケット。なんと、ネクタイまでしめている。さまになっている。くやしいくらい、かっこいい。

会場から大きな拍手《はくしゅ》がわき起こる。

前のほうの席に陣《じん》どっている「ノーマン応援団《おうえんだん》」みたいな女子高校生たちのあいだから「ヒューッ」と声援《せいえん》の口笛が飛び出した。

ノーマンは、マイクの前に立って、せきばらいをひとつ。

にこやかな笑顔《えがお》で「みなさん、こんにちは。ごきげんはいかがでしょう?」

そのあとは、急にまじめな口調になった。

「最初に断っておきたいと思うが、こちらに座っているナオミ、エミリー、ケン、そしてぼくの四人は、第二次世界大戦末期における、ハリー・トルーマン大統領の原爆《げんばく》投下は正しかった、と考えている。しかし、だからといって、原爆そのものを無条件で肯定《こうてい》しているわけではないし、もちろん、戦争を無条件で肯定しているわけではない。ぼくたちが望んでやまないのは、この会場にいらっしゃるみなさんと同じ、世界平和です。まず、この大前提を忘れていただきたくないと思う。つまり、われわれ四人は決して悪役ではないってこと。このことをしっかりとインプットしておいていただきたい。よろしいですね？　では、広島と長崎への原爆投下は正しかった、という真理を説き明かしていく前に、まず『原爆とは、どのような武器であったか』について、肯定・否定を超《こ》えたところから、説明をしたいと思う。みなさん、スクリーンにご注目ください。まずは歴史の復習をしていただきます」

背後のスクリーンにモノクロ写真――だれもが何度も目にしたことのある、きのこ雲の写真や、おもに原爆投下直後の広島市のようす――が映し出されるなか、ノーマンは、原爆の形状、重さ、破壊力《はかいりょく》などについて、淡々《たんたん》と解説を重ねていった。

八月六日に広島に落とされた原子爆弾「リトルボーイ」は、ウラニウム型。

爆弾の長さは3メートル、直径は0・7メートル、重さは約4トン。

これは、300グラムのダイナマイト、6700万個分に当たる。

リトルボーイは、広島市の上空9467メートルの地点から高度533・4メートルまで落下したとき、核分裂《かくぶんれつ》を起こし、直径280メートルの火の玉と化した。

その中心温度は、約100万度。

これは、太陽の表面温度よりも高かった。

炸裂《さくれつ》した瞬間《しゅんかん》、光速で地上に突《つ》き刺《さ》さった熱線は、ありとあらゆるものを焼き尽《つ》くした。

この火の玉は衝撃波《しょうげきは》をともなって、秒速約90メートルのスピードでふくらみ、広島の町をのみこんだ。

衝撃波は、秒速350メートル以上の速さで地上に広がっていき、あっというまに建物や家屋を吹《ふ》き飛ばした。

爆心地《ばくしんち》の地表の温度は、爆発後から三秒のあいだ、いかなる生物も生存不可能な温度、3000度から4000度に到達《とうたつ》した。

爆発から一分以内に、大量の放射線があたり一帯にまき散らされ、爆心地内にいた人、2万1000人のうち、56人をのぞいて、全員が即死《そくし》した。

爆発から一分後、空に形成されたきのこ雲の高さは、9000メートルに達した。

………」


聞きながら、わたしは思っていた。

ノーマンはなぜか、数字を強調している。数字によって、原爆《げんばく》のおそろしさを語ろうとしているように聞こえる。

彼《かれ》が数字にこだわっているのは、なぜなのだろう?

「被爆《ひばく》した人間が、二、三週間以内に死亡するとされる放射線量の致死量《ちしりょう》は、約700ラド。広島に降りそそいだ放射線量は、約2万5000ラド。爆心地《ばくしんち》から1キロメートル以内にいた人は、十秒以内に死亡しました。八月六日の死者の数は、推定7万人以上。その後も死者は増えつづけ……」

そのような説明がなされているあいだ、背後のスクリーンにはつぎつぎに、黒こげの焼け野原となった町や、瓦礫《がれき》と化した建物などが映し出されていた。

長崎に落とされた原爆の説明も、やはり数字が強調された内容だった。

「八月九日に長崎に投下された原爆は、プルトニウムを使用した『ファットマン』。その重量は４６００キロ、長さは３・３メートル、直径は１・５メートル……」

なるほど、そういうことか。

わたしは気づいた。

ノーマンは「人間」あるいは「死者」を、聴衆《ちょうしゅう》の目に見えにくくしようとしているのだ。

原爆がいかにおそろしい武器であるかを数字によって強調しながら、その武器によって殺された人、大けがをした人、全身にやけどを負った人、手足を失った人など、生身《なまみ》の人間のすがた、言いかえると「肉体」を、たくみに隠《かく》そうとしている。その証《しょう》拠《こ》に、写真には被爆者《ひばくしゃ》のすがたがまったく写っていない。

あるいは、隠そうとしているのは「感情」なのかもしれない。

原爆というものに対して、決して感情的になってほしくない、というメッセージなのか。

いや、メッセージというよりも、これこそが原爆肯定派《こうていは》の作戦なのだろう。原爆投下に対して心情的に激しい拒否感《きょひかん》をいだいている人たちに、ひとまず冷静になってもらおうという作戦。もしもそうなのだとしたら、会場の雰囲気《ふんいき》から察するに、今のところその作戦はあまり成功していないのではないかと思える。

ノーマンの説明には、なんら新しい情報がふくまれていたわけではない。すべては、わたしたちの調べた内容と同じだったし、かつて学校で習った歴史的事実が整然とまとめられていたに過ぎない。おそらく会場の人たちの大半にとっても、すでに知っていることばかりだったのではないだろうか。

にもかかわらず、ノーマンが数字を口にするたびに、会場のそこここで、感情的なため息がもれた。小さな声で「ああ神様《オーマイガーッド》、なんてことでしょう」とつぶやいている人もいる。数字だけでもじゅうぶん、原爆《げんばく》のおそろしさは、人々の心をふるわせているようだ。こんなにもおそろしいものを広島と長崎に立てつづけに落としたアメリカの行為《こうい》は、許されないものではないのか、と。

つまりノーマンのこの発表は、わたしたち原爆否定派にとってこそ、大いに有効なものであるように思えてならない。

わたしの解釈《かいしゃく》は、甘《あま》かった。

まったく甘かった。

ノーマンたち原爆肯定派《こうていは》は、そのような人々の反応をあらかじめ予想した上で、だからこそ、原爆は落とすべきだったし、落とした意義があったのだという主張に結びつけていこうとしていたのだ。

原爆の解説が終わったあと、ノーマンは一気に核心《かくしん》をついてきた。

「みなさん、いいですか。トルーマン大統領は、この原子爆弾の使用に当たって、さまざまな有識者の意見を聞きました。はたしてこのようなおそろしい武器を使ってもいいのか、使えば、ものすごい数の人々が瞬時《しゅんじ》に亡《な》くなる。あるいは、苦しみにもだえながら、身の毛もよだつような死に至る。大統領は悩《なや》みに悩んだ末に、しかしきっぱりと決断します。この爆弾を使わなかったら、どうなるか。太平洋戦争は終わらず、おそらく何百万人以上の日本人とアメリカ人が命を落とすだろう。つまり大統領は、戦争を一刻も早く終わらせたくて、これ以上、戦争による犠牲者《ぎせいしゃ》を増やしてはならないという責任感にかられて、この武器を使用する決断を下したのです。彼《かれ》は平和を実現するために、原爆を使用しました。大統領は、この決断が多くの人々から非難を招くだろうということも承知していました。そこで、原爆投下の数日前、日本が降伏《こうふく》しなければ、アメリカは新兵器を使うつもりだという警告ビラを投下しました。けれども、日本の軍国主義者たちは、アメリカからの警告を無視して、戦争の続行を望んだのです。戦争がつづけばどうなるか。日本人もアメリカ人も、死につづけます。日本での本土決戦が実行されたら、言うまでもなく、死者はさらに増えます。大統領はこれ以上、戦争で人が亡《な》くならないようにと願って、広島と長崎に原爆《げんばく》を落としました。ぼくたちは、大統領の苦渋《くじゅう》の決断に感謝するのみです。太平洋戦争があと一年長くつづいていたら、原爆で亡くなった、広島と長崎の人々よりもおおぜいの人々が死ななくてはならなかったのです。大統領の決断は正しかった。よって、ぼくたちは日本への原爆投下を認めます」

ノーマンはそこで言葉を切って、ぱっと演壇《えんだん》からおりた。

ひじょうに潔《いさぎよ》い終わり方だった。それゆえに、人々の心には強い余韻《よいん》が残ったにちがいない。演壇から去っていく直前に、わたしたち四人のほうに、するどい視線を向けるのを忘れなかった。

ノーマンが自分の席にもどるのとほとんど同時に、わたしは立ち上がった。

肯定派《こうていは》の四人がいっせいに、びっくりしたような表情になった。

ノーマンのみごとな先制パンチを受けて立つ相手として、まさかこのわたしが送り出されるとは、四人は思ってもいなかったのだろう。

試合の流れを大きく左右するトップバッター。

こんな大役が、わたしにつとまるのかどうか。

息を吐《は》いてから、演壇に向かって歩いていった。

ぶあつい資料の束をかかえて。

ジャスミンのうしろを通ったとき、彼女《かのじょ》はふり向いて、わたしの腰《こし》のあたりを軽くポンポンとたたいてくれた。

天才スコットはパソコンに手をかけたまま、ウィンクを送っている。

ダリウスの笑顔《えがお》は「心配するな。ぼくたちがついてるから」と語っている。

演壇に立ってわたしが口を開くよりも先に、背後のスクリーンに映し出されたのは、大やけどをして、ぼろ切れのように横たわっている、生きているのか死んでいるのかわからない、はだかの少年の写真だった。

会場の人々がいっせいに「はっ」と息をのむのがわかった。

ふたつの嘘《うそ》

演壇《えんだん》のデスクの上に、黄色いレポート用紙と資料のコピーを置くと、わたしはかかとをほんの少しだけ上げてから、ゆっくりとおろした。

これも、車のなかで父から教わった「気持ちを落ちつかせる方法」のひとつ。

今度は効いた。たぶん、効いたと思う。いや、効いていない。

事前のミーティングで、わたしたち原爆《げんばく》否定派の四人——リーダーのジャスミン、天才スコット、ダリウスとわたし——は、あらかじめ肯定派《こうていは》の第一回の主張内容を予想して、それに対抗するための反論のシナリオをまとめあげてあった。

台本はAからDまで、全部で四つある。

レポート用紙を一枚めくった。

冒頭《ぼうとう》には「プランB」と記されている。

原爆肯定派のリーダー、ノーマンの主張「大統領の決断は正しかった」に対して、わたしはまよわずプランBを選んだ。

もしも自信がなかったら、ジャスミンに確認するつもりにしていたけれど、その必要はなかった。ノーマンの主張は、プランBで立てたわたしたちの仮説に、ほぼ完全に一致《いっち》していたからだ。


「八月六日……」

開口一番、わたしはゆっくりと、その日付を口にした。

今から五十九年前のきのうだ。

「太平洋戦争を終わらせるために、日本への原爆投下は必要だった、という主張に対する反対意見を述べる前に、日本人の詩人、峠三吉《とうげさんきち》の詩の朗読をみなさんに聞いていただきます。彼《かれ》は一九一七年に生まれ、二十八歳《さい》のときに広島で被爆《ひばく》し、三十六歳で亡《な》くなっています。三吉の書いた詩『八月六日』を英語に翻訳《ほんやく》したのは、わたしです。翻訳家の母に、手伝ってもらいました。わたしの母は、日本で生まれ育った日本人です。お断りしておきますが、母が日本人だから、わたしは原爆否定派になったのではありません。わたしはアメリカ人ですが、原爆投下には大いなる疑問をいだいています」

Can we ever forget the blinding flash?
In an instant, 30,000 souls disappearing from the streets
At the base of darkness crushed by light
Fifty thousand screams extinguished

あの閃光《せんこう》が忘れえようか
瞬時《しゅんじ》に街頭の三万は消え
圧《お》しつぶされた暗闇《くらやみ》の底で
五万の悲鳴は絶え

背後のスクリーンには、思わずまぶたをおおいたくなるような光景が映し出されている。これでもか、これでもか、と。

黒こげになった人々。はだかでさまよう人々。水を求めて川岸にむらがっている人々。泣きさけんでいる母親。死体の山。

会場のなかには、見ているのがつらくなったのか、うつむいている人もいる。

ノーマンが意見を発表しているときには、一枚も登場しなかった「人間たちの写真」だ。一か月前の七月のはじめごろ、ジャスミンの家に四人で集まって、これらの写真の選択《せんたく》をしているとき、わたしたちは四人とも、目に涙《なみだ》を浮《う》かべていた。

渦巻《うずま》くきいろい煙《けむり》がうすれると
ビルディングは裂《さ》け、橋は崩《くず》れ
満員電車はそのまま焦《こ》げ
涯《はて》しない瓦礫《がれき》と燃えさしの堆積《たいせき》であった広島
やがてボロ切れのような皮膚《ひふ》を垂れた
両手を胸に
くずれた脳漿《のうしよう》を踏《ふ》み
焼け焦げた布を腰《こし》にまとって

泣きながら群れ歩いた裸体《らたい》の行列

そこで、わたしは言葉を止めた。

詩はまだ終わっていない。さらに残酷《ざんこく》な描写《びょうしゃ》の始まる詩の後半は、主張のしめくくりとして、最後に朗読しようと思っている。

プランBには、四つの項目《こうもく》がある。

その(1)は峠三吉《とうげさんきち》の詩の前半の朗読。

(2)のタイトルは「原爆《げんばく》投下によって、戦争は終わらなかった」——そのうしろには、しかるべき資料のページ番号が付いている。

反対意見を主張するときには、まず、相手の意見のどの部分に反対するのか、ポイントをはっきりと示してから反論にとりかかること。

学校で習ったこの教えを守って、わたしは主張を始めた。

「肯定派《こうていは》のノーマンの主張にはあきらかに、歴史的な事実と食いちがっている点がふたつあります。つまり彼の発言は、まちがっています。ひとつめのまちがいですが、トルーマン大統領は『戦争を一刻も早く終わらせたくて』広島と長崎に原爆を投下した、という点。もうひとつは、原爆を使用しなかったら『何百万人以上の日本人とアメリカ人が命を落とすだろう』と、大統領が考えたという点。この二点にフォーカスして、反対意見を述べていきます」

ここで、ほんの少しだけ、間《ま》を置いた。間は、置きすぎてはいけない。ひと呼吸分くらいがちょうどいい。これは、ジャスミンから教わった。

「では、ひとつめから。結論から先に述べますと、みなさんもよくご存じのとおり、原爆投下によって、戦争は終わりませんでした。日本は、八月九日のソ連参戦によってこそ、降伏《こうふく》する決意をしました。言いかえると、原爆投下には、戦争を終わらせる効果はなかった。そして、ここがひじょうに重要な点なのですが、大統領はそのことを最初から予想していました。つまりトルーマン大統領は、戦争を終わらせたくて、原爆を落としたわけではなかった。その根拠《こんきょ》を順序立てて整理してみます」

そのあとにわたしは、ポツダム会談について、くわしい解説をした。

アメリカ、イギリス、ソ連の首脳が集まって、一九四五年七月十七日から八月二日——広島への原爆投下の四日前——まで、ドイツのベルリン郊外《こうがい》にあるポツダムという町で開かれた首脳会談。おもな議題は、五月のナチス・ドイツの降伏を受けて、第二次世界大戦後のヨーロッパの秩序《ちつじょ》をどのように築いていくか。

この会談の初日に、トルーマン大統領はソ連のスターリン書記長から「ソ連は、八月十五日に無条件で対日戦争を始める」と知らされた。結果的には、この参戦は六日間、早まったわけだが。大統領は「ソ連が参戦すれば、日本はいよいよ降伏《こうふく》する。日本との戦争は終わる」と確信した。彼《かれ》は、七月十七日の日記にも、妻への手紙にも、そう書いている。「ソ連の参戦によって、戦争は終わるだろう」と。

「にもかかわらず、トルーマン大統領は、広島と長崎への原爆《げんばく》投下を決定しました。ソ連の参戦によって、日本は降伏するだろうとわかっていたのに、彼はおそろしい兵器を使った。つまり、落とす必要のなかった爆弾《ばくだん》を落とした。いったいなぜなのでしょうか。それについては、後半でくわしく述べたいと思います。その前に、ノーマンの主張のふたつめのまちがいについて」

落とす必要のなかった爆弾、とわたしが言ったとき、会場内に小さな拍手《はくしゅ》が起こった。おそらく、原爆投下を否定している人たちが手をたたいてくれたのだろう。猫背《ねこぜ》になったまま、目立たないように手をたたいている父のすがたも見えた。

わたしは、資料の束のなかから、「大統領声明8・9」と「ベスへの手紙」を選び出して、手もとに引きよせた。ところどころに、緑色の蛍光《けいこう》ペンでアンダーラインを引っぱってある。

「じつは、原爆を使用しなかったら『何百万人以上の日本人とアメリカ人が命を落とすだろう』と、トルーマン大統領は考えていませんでしたし、そのような発表もしていません。八月九日、二発めの原爆を長崎に落としたあと、大統領はラジオを通して、アメリカ国民に声明を発表しましたが、そこでは『数多くのアメリカの青年を救うために』原爆を落とした、と語っています。もうおわかりでしょう。大統領の言った『戦争の犠牲者《ぎせいしや》』とは、アメリカ人だけを示しているのであって、そこに日本人はひとりもふくまれていなかったのです。憎《にく》き日本人の死のことなど、彼の眼中にはなかった。大統領が考えていたのは『アメリカ人の命』のことだけです。ソ連の参戦予定を聞かされた七月十七日の、翌日に書いた妻への手紙にも、大統領ははっきりとこう書きしるしています。『戦争は、一年以内に終わるだろう。これでアメリカの兵隊が死ななくてすむ。何よりもこれが重要なことだ』と」

強調するべきフレーズやキーワードはゆっくりと、一語一語を明確に、あたかもおさない子どもに言い聞かせるかのように発音し、それ以外の部分は流れるような口調で。これもジャスミンのアドバイス。頭ではわかっているのだが、うまくいかない。

「ただ、原爆《げんばく》投下によって、あくまでも結果的にですが、命拾いをした日本の人たちがいたのは、事実だと思います。もしも日本本土への上陸作戦が実施されていたら、沖縄戦《おきなわせん》のときのように、日本軍の命令によって、おおぜいの日本人市民が自殺しなくてはならなかったでしょうから」

父が「なるほどね」と、小さくうなずいているすがたが目に入った。

「さらにもうひとつ、誤解を招かないように、つけくわえておきますが、わたしたち原爆否定派は、トルーマン大統領がアメリカ人の生命についてだけ考えていたということを、ここで批判しようとは思っていません。戦争中に、敵の生命のことまで考える大統領は、おそらくいないと思います。仮に考えていたとしても、それは口に出して言うべきことではないでしょう。そんなことを言ったら、戦場で戦っている兵士たちは混乱してしまいます」

そのあとにつづけて、ノーマンの言った「何百万人以上」という数字に対する疑問を提示した。これについても、反論の根拠《こんきょ》となる資料が複数あった。

じつのところ、この討論会に備えてリサーチを始める前までは、学校の教科書に出ていた数字をわたしは信じていた。ただしその数字は「何百万人」ではなくて「百万人」となっていた。わたしたちの学校で使用されていた歴史の教科書には、原爆投下の正当性を説くために「もしもアメリカ軍が予定通り、十一月に日本最南端《さいなんたん》の島、九州への上陸作戦を実行し、翌年の三月に、人口のもっとも多い本州への上陸作戦を決行すれば、百万人以上のアメリカ兵が犠牲《ぎせい》になるであろうと、軍では見積もっていた」と、書かれていた。

なぜなら「日本人は、民間人ひとりひとりが、女・老人・子どもまでが、竹槍《たけやり》などの原始的な武器を手にして、最後のひとりが死ぬまでアメリカ兵と戦う、という覚悟《かくご》で戦争にのぞんでいたし、まさに狂気《きょうき》の沙汰《さた》としか思えない、神風特別攻撃隊《かみかぜとくべつこうげきたい》をはじめとする、若い兵士たちの自殺行為《こうい》によって、アメリカ軍にいちじるしい被害《ひがい》を与《あた》えていたからである」と。

原爆投下によって、百万人以上のアメリカ人の命が救われた――。

わたしはこの数字を信じていた。百万人以上のアメリカ兵を救うために、広島の人々十四万人と長崎の人々九万人――投下された年の死者の数――は、やむなく犠牲になったのだと思っていたし、先生もそう言っていた。

けれども、リサーチを始めてみて、この数字の嘘《うそ》に気づいた。ほかの学校で使われている教科書や、さまざまな関連図書に出ている数字――いずれもトルーマン大統領がなんらかの形で口にした数字である――は、じつにまちまちだった。

ある教科書には「十二万五千人のアメリカ兵と、同数の日本人の若者」と出ていたし、ある書物には「二十五万人のアメリカ兵」と、ある論文には「五十万人の死傷者」と。しかも、原爆《げんばく》投下から年数がたつにつれて、その数字はしだいに増えていき、あいまいになっていき、わたしの習った数字「百万人」になり、最終的にはノーマンの発表した「何百万人」というところに落ちついているとわかった。

背後のスクリーンには、わたしたちの作成した数字の棒グラフが映っている。

「すなわち、これらの数字には、なんら根拠《こんきょ》がないということなのです。推察に過ぎない数字なのです。数字は嘘をつく。数字そのものは正しい場合でも、その数字が真実を正しく語っているとはかぎらない。わたしたちはリサーチを通して、そのことを実感すると同時に、大統領の決断にもまた、大きな嘘があったのだということを知り得ました。原爆投下は戦争を終わらせるためになされたものではなかったし、原爆投下によって救われたアメリカ人兵士の数も、何百万人とは断定できない。数字の嘘と大統領の嘘。ふたつの嘘が、これでみなさんもよく理解できたことと思います。以上をもって、大統領の決断に対する反論を終わります」

ここまでは主張の前半、起承転結でいうと、「起と承」にあたるパートだ。

ここからは単なる反論ではなくて、新たな意見を原爆肯定派《こうていは》にぶつけていく。もっとも重要な「転」のパート。「結」は短く、詩の後半の朗読。

わたしの持ち時間は、残り十五分を切っている。

第一回は、肯定派と否定派にそれぞれ三十分ずつが与《あた》えられている。第二回以降は一時間を四分割し、交互に十五分ずつ、分けあうことになっている。

少しペースを上げなくてはならない。

わたしはつかのま、レポート用紙の項目《こうもく》に目を落とした。

(3) 原爆は、人体実験だったのではないか。

ぱっと顔を上げて、話し始めた。

自分でもふしぎなくらい、リラックスできていた。

ここからあとの主張については、ゆうべ遅《おそ》くまでくりかえし練習して、言うべきことをほとんど暗記しているからだろうか。

「では、トルーマン大統領はなぜ、落とす必要のない原爆《げんばく》を日本に落としたのでしょうか。ここでもう一度、ポツダム会談の現場にもどります。大統領が、ソ連の参戦予定を知った十七日の翌日の朝、大統領のもとにアメリカから、ある報告が届きます。それは『トリニティ実験』と名づけられていた、新しい兵器の実験レポートでした。新しい兵器とは、言うまでもなく、原爆のことです。この兵器の威力《いりょく》については、先のノーマンのすばらしい説明によって、すでにみなさんの脳裏《のうり》にくっきりと刻まれていることと思いますので、詳細《しょうさい》については省きます。原爆は三個、完成されていました。アメリカ国内のニューメキシコ州に広がる無人の沙漠《さばく》地帯で爆発させた、最初の一個。その結果報告が届いたのです。報告書を読んだ大統領は、残り二個の、すさまじい破壊力《はかいりょく》を持った武器を『ぜひ使ってみたい』と考えました。どこかの国のどこかの町に、実際に落としてみたい。この爆弾によって、どれくらいの人がどのようにして死ぬのか、その威力を知りたい。この目で見たい。そして、ソ連に、世界に、アメリカの軍事力を見せつけたい。大統領は、そのように考えました」

会場は静まりかえっている。単なる沈黙《ちんもく》ではない。

熱気と緊張《きんちょう》で、今にもはちきれそうな静寂《せいじゃく》だ。

「いえ、考えたというよりは、それは願望、あるいは野望に近いものだったのではないでしょうか。大統領にはつねに、国民から尊敬されたい、偉大な大統領だと思われたい、そのような欲望があります。欲望を満たすためには、どうすればいいのか。もうおわかりでしょう。原爆は、実験という目的で、落とされたのです。強いアメリカ、強い大統領を国民に、世界に見せつけるために。このおこないは、人体実験と言ってもさしつかえないのではないかと、わたしたち否定派は結論づけました。その根拠《こんきょ》として……」

原爆を人体実験であったと主張する根拠を、わたしたちは三つにまとめてあった。

ひとつめは、町の選定。原爆による被害《ひがい》の結果をよりあきらかにするために、それまでアメリカ軍による空襲《くうしゅう》を受けていない町、広島、長崎、小倉《こくら》、新潟《にいがた》が選ばれていたということ。

ふたつめは、そもそもなぜ、一般《いっぱん》市民の多く暮らしている「都市」を選んだのか、ということ。もしも、戦争を早く終わらせたいという目的だったのであれば、あるいは、ただ単に新兵器の威力を見せつけるためだけだったのであれば、町への投下ではなくて、たとえば、東京や富士山の上空で、夜間に爆発《ばくはつ》させるだけでよかったのではないか。

三つめは、広島だけではなく、わずか三日後に長崎への投下がおこなわれた、ということ。広島に落とされた原爆《げんばく》と、長崎に落とされた原爆は、原料の異なるものだった。実験だったからこそ、アメリカは立てつづけに二発を落として、その効果のちがいを知りたかったのではないか。

一気に述べたあと、最後のまとめとなる、項目《こうもく》（4）に移った。

数字を強調していたノーマンにならって、わたしも死者の数字をとりあげた。

「アメリカの二発の原爆投下によって、亡《な》くなった人たちの大半は、罪もない一般市民でした。投下の年に亡くなった広島の人たちは、十四万人。当時の広島の人口は、四十二万人でした。長崎は、人口二十四万人、投下の年に亡くなったのは九万人です。これらの数字にも、あいまいな要素はもちろんあるでしょう。けれども、どちらの町でも、人口の約三分の一の人たちが殺されたのです。新兵器による人体実験という目的のために。強いアメリカを見せつけるために。大統領というたったひとりの男の野望のために。みなさん、想像してみてください。自分の住んでいる町の三分の一の人たちが一瞬《いっしゅん》にして消えてしまう、という状況《じょうきょう》を。そこにただよう、ぶきみな静けさを。罪もない人々が戦争によって、亡くなっています。朝鮮戦争で、ヴェトナム戦争で、湾岸《わんがん》戦争で、今はイラクで、同じことが起こっています。アメリカはそろそろ、罪もない人々を死に追いやる戦争をやめなくてはなりません。そのためにも、わたしたちは原爆投下について今一度、正しい認識《にんしき》を持つ必要があると思います。大統領の決断は、原爆投下は、まちがっていた。最後に、峠三吉《とうげさんきち》の詩の後半をご紹介《しょうかい》して、否定派の意見主張を終了《しゅうりょう》します」

……

A city of 300,000
Can we ever forget the unbreakable silence?
The never-returning wives and children
With eye sockets blanched and hollow
Who have left our spirits adrift
The heartfelt pleas.

三十万の全市をしめた
あの静寂《せいじやく》が忘れえようか
そのしずけさの中で
帰らなかった妻や子のしろい眼窩《がんか》が
俺《おれ》たちの心魂《しんこん》をたち割って
込《こ》めたねがいを
忘れえようか！

最後の一連を朗読し終えると、会場は一瞬《いっしゅん》だけ、早朝の無人のストリートを思わせるような静けさにつつまれていた。

だがそれは、一瞬だけのことだった。

静けさを破るようにして、会場の窓という窓が割れてしまいそうなほどの拍手喝采《はくしゅかっさい》がわき起こった。ノーマンの主張が終わったときよりも、何倍も大きな拍手だった。

わたしの耳にはそのように聞こえた。

つぎつぎに人が立ち上がって、手をたたいてくれている。口笛を吹《ふ》いている人もいる。父もスタンディングオベーションをしている。

わたしはそっと、父に視線をあわせた。気づいた父は、おおげさに肩《かた》をすくめてみせたあと、いっそう大きく手を動かして、拍手をしてくれた。

あとで会ったとき「聴《き》いてくれてありがとう」って、言わなきゃと思っていた。

仲間たちの座《すわ》っているテーブルに目をやると、ジャスミンは「うんうん、よくやった」と言わんばかりにうなずきながら、親指を立てている。スコットはウィンク。ダリウスは両手を上に高く上げて勝利のVサイン。三人とも立ち上がっている。

みんな笑顔《えがお》だ。笑顔はわたしに「ブラボー」を伝えてくれている。

うれしかった。

全身全霊《ぜんしんぜんれい》で、ほっとしていた。これで大役はなんとか果たせた。

第一回の勝敗の正式な判定は、会場を去っていく前に人々が肯定派《こうていは》・否定派のどちらかに丸をつけて、箱に入れた用紙を集計しておこなわれ、翌週に予定されている第二回の冒頭《ぼうとう》で、発表されることになっている。

わたしは演壇《えんだん》をおりて、自分の席にもどっていった。

テーブルのそばで、わたしたち四人は拍手《はくしゅ》につつまれたまま、ハグしあった。

原爆肯定派《げんばくこうていは》の四人は、完璧《かんぺき》な笑顔《えがお》ではなかったものの、座《すわ》ったまま、拍手をしてくれていた。わたしたちだって、ノーマンの主張のあとには、ちゃんと手をたたいてあげた。それが礼儀《れいぎ》だから。

拍手の波が引いたとき、会場のなかから野次《やじ》が飛んできた。

「いい気になるなよ!」

会場には、ざわめきと拍手の余韻《よいん》が漂《ただよ》っていたから、聞こえなかった人もいただろう。けれども、その野次はわたしの耳に突《つ》き刺《さ》さって、しばらくのあいだ、抜《ぬ》けなかった。

「第二次世界大戦中、日本兵に殺された中国人の数は、原爆で死んだ日本人の百倍だったってことを忘れるな!」

公開討論会　第二回

——ラウンド2

罪もない人々

八月十四日、土曜日。あと五分ほどで、公開討論会の第二回が始まる。日本に対する原爆《げんばく》投下の是非《ぜひ》をめぐるディスカッション。

ジャスミン、天才スコット、ダリウス、わたしの四人は「原爆否定派」の席に、ノーマン、ナオミ、エミリー、ケンの四人は、わたしたちに向かいあった形で「原爆肯《こう》定派《ていは》」の席に座《すわ》っている。

ニューヨーク州の八月十四日、午後一時は、日本時間の八月十五日の深夜二時。

八月十五日といえば、広島と長崎に立てつづけに原爆を落とされ、ソ連の攻撃《こうげき》を受けた日本が、ついにポツダム宣言を受け入れ、無条件降伏《こうふく》をした日だ。

母の話によれば、その日の正午、日本の子どもたちはみんな学校などに集まって、天皇の敗北宣言をラジオで聴《き》いたという。長く苦しかった戦争がやっと終わったことを知った子どもたちの、見上げた空はどんな色をしていたのだろう。

それは、希望の色だったのだろうか。それとも、絶望の色？

そんなことを思いながら、わたしは、まるで額縁《がくぶち》のように仕切られた飾《かざ》り窓《まど》の外に広がっている、雲ひとつないコバルトブルーの夏空をながめている。

第一回の判定は、会場に集まった人たちの投票によって、わたしたち原爆否定派の勝ちとなった。五十五対四十九。この結果は、わたしたち八人には当日のうちに知らされ、討論会の一部始終は、翌々日、地元で発行されている新聞で大きく報道された。

第一回の聴衆が予想以上に多かったことと、新聞記事の反響《はんきょう》なども考慮《こうりょ》して、第二回の会場は小ホールではなくて、約二百人が収容できる中ホールに変更《へんこう》された。

今回も、ホールは満席になっている。会場のうしろのほうの十列ほどは、隣《となり》の町の中・高校生のグループで占《し》められている。サマースクールの一環《いっかん》として、この討論を聴《き》きに来たということだった。

「みなさん、先ほど発表されたとおり、第一回はわれわれ肯定派の負けでした。わずかの差ではありましたが、負けは負け。すなおに認めます。否定派の四人にはあらためて、心より敬意を表します。しかし、われわれの反撃《はんげき》はまさに今、ここから始まります。第二回の持ち時間は、それぞれ十五分ずつ。それではトップバッターのケンから。ケン、よろしくお願いします」

肯定《こうてい》派のリーダー、ノーマンの短いあいさつが終わった。

第一回は負けだったにもかかわらず、肯定派のメンバーは全員、余裕《よゆう》しゃくしゃくとしている。エミリーは顔にうす笑いを浮《う》かべているし、ケンは胸をそらして不敵にかまえている。これから始まる第二回の作戦に、よほど自信があるのだろうか。

ケン・カワモトが立ち上がって、演壇《えんだん》に向かっていく。

前回は、ヤンキースのTシャツにヤンキースの野球帽《やきゅうぼう》というヤンキースファッションだったが、きょうは、無地のオリーブ色のポロシャツに、ベージュのコットンパンツをあわせている。

彼《かれ》はわたしと同じ、ジャパニーズ・アメリカンだ。正確に言うと、同じじゃない。彼の両親はどちらもアメリカ生まれアメリカ育ち。わたしの母は日本生まれの日本人で、父はアイルランド系アメリカ人。

被爆国《ひばくこく》である日本をルーツに持っているケンが、日本に対する原爆《げんばく》投下を肯定している。もしかしたら、ケンの祖父母の親戚《しんせき》や、ご両親の知りあいのなかには、原爆によって亡《な》くなった人や、後遺症《こういしょう》に苦しめられた人もいるのではないか。

それなのに、なぜ？

わたしと同じように、ケンの立ち位置に対して疑問をいだいている人は多いはずだ。会場をうずめている人たちを見わたしながら、そんなことを思った。

白人が八割、有色人種は二割程度か。二割のひとりとして、母のすがたが見える。そのとなりに父。前みたいに背中を丸めてはいない。両親は、会場のまんなかあたりの席に、肩《かた》を並べて堂々と座《すわ》っている。今朝、きょうはわたしはパソコン操作係をつとめる——つまり、発言はしない——から「ふたりとも来ていいよ」って言ってあげたら、うれしそうにしていた。

ケンの意見主張が始まった。

最初のひとことは「パールハーバーを忘れるな」——。

そう来たか、と思いながら、わたしは「真珠湾攻撃《しんじゅわんこうげき》」のファイルを開く。おとといの午後、「作戦会議」をするためにジャスミンの家に集まったとき、四人で手分けして作成したファイルのひとつ。真珠湾攻撃に関する、ありとあらゆる情報がつめこまれている。

「いいですか、みなさんはこの言葉を決して忘れていない。もちろんぼくも忘れていない。アメリカ人全員が忘れていない言葉だ。忘れられるはずがない。なぜなら、太平洋戦争は真珠湾攻撃《しんじゅわんこうげき》によって始まった。だれが始めたのか。日本軍だ。いいですか、みなさん、アメリカに戦争をしかけてきたのは、日本なんだ。戦争を始めたのは、わが国じゃない。日本だ。しかも、日本は宣戦布告をしなかった。これはだまし討《う》ちだ。たいへんに卑怯《ひきよう》だ。正義を欠いている。こんなことが許されていいはずがない」

ケンの口調は歯切れがいい。短い文をリズミカルに積み重ねていく。スピーディだ。

「想像してみてほしい。のんびり昼寝《ひるね》をしている猫《ねこ》の頭の上に、ねずみがいきなり空から爆弾《ばくだん》の雨を降らせたんだ。猫はあっとおどろく。うろたえる。なすすべもない。猫はねずみにやられっぱなしになる。いいですか、かわいいあなたの猫が、卑怯なねずみにいじめられる。がまんならないことだ。許していいはずがない」

猫とねずみのたとえが飛び出したとき、会場には笑いの渦《うず》が巻き起こった。

笑いというのは、強い味方になりうる。笑うことで、人はリラックスし、相手に気を許し、共感をいだきつつ聞く耳を持つ、という状態になるからだ。

ここぞとばかりに、ケンは核心《かくしん》に迫《せま》っていく。

「いいですか、みなさん。第一回で、否定派はこう主張した。大統領は『人体実験をするために原爆《げんばく》を投下した』と。冗談《じょうだん》じゃない。われわれの大統領はそんなことはしない。アメリカ軍はそんな卑劣《ひれつ》なことはしない。卑劣なのは日本軍だ。だまし討ちの攻撃をしかけてきた日本だ。戦争を始めたのは日本だ。戦争をしかけてこられたら、こっちは受けて立つしかない。不正義に対して、正義は立ち上がるしかない。原爆投下はたしかに、アメリカ兵たちの命を守るためのものであった。と同時に、卑怯な日本に対する報復だった。原爆は、卑怯な真珠湾攻撃に対する正しいリベンジだった。いいですか、みなさん、卑怯なねずみは、処罰《しょばつ》されなくてはならない。原爆投下は、処罰だった。犯罪を犯した者は処罰される。これはあまりにもあたり前のことだ。幼《よう》稚園児《ちえんじ》でも理解できる」

早口で、たたみかけるように話しながらも、ケンは、処罰——パニッシュメント——という言葉を発音するときだけ、スピードをゆるめて、前後に間《ま》を置いた。そのことによって、聴衆《ちょうしゅう》の心に、このキーワードがくっきりと影《かげ》を落とすのがわかった。

うまいなぁ、と、わたしは舌を巻く。前回のわたしのスピーチは「いっしょうけんめいさは伝わってきたけど、一本調子だったね」と、父からも指摘《してき》されていたし、わたし自身もそこが反省点だと思っていた。

「では、卑怯《ひきよう》な真珠湾攻撃《しんじゆわんこうげき》とは、いかなるものだったのか」

ケンの背後のスクリーンには、日本軍の攻撃を受けて大破し、傾《かたむ》いていく戦艦《せんかん》や、炎《ほのお》と煙《けむり》のなかでパニックにおちいっている人々、火の海に投げ出される人々のすがたなどがつぎつぎに映し出された。

それらはどこか、新鮮味《しんせんみ》に欠ける映像だった。いつかどこかで見たような光景ばかり。少なくともわたしの目には、そう映った。ケンの解説も無味乾燥《むみかんそう》だった。まるで、小学校で習った歴史の勉強のおさらいをさせられているようだった。

最後のまとめはこうだった。

「結論を述べる。卑怯なねずみのだまし討ちに対して、猫《ねこ》はやむをえず原爆《げんばく》を落とした。そういうことだ。広島と長崎で、罪もない一般《いっぱん》市民が亡《な》くなったように、ハワイでも罪もない民間人がおおぜい犠牲《ぎせい》になった。このことを忘れてはいけない。つまり『パールハーバーを忘れるな』には、そういう意味もこもっている。以上で終わりだ」

十五分きっかりで、ケンの主張は終わった。

間髪《かんはつ》を容《い》れず、わたしたち否定派の席から、スコットが立ち上がった。きょうのスコットは、白地にブルーのストライプのシャツに、赤い蝶《ちょう》ネクタイとポケットチーフ。金縁《きんぶち》のめがねをかけている。スコットの目は悪くない。伊達《だて》めがねだ。めがねをかけると、ますます「博士」に見える。レポート用紙や資料の類《たぐい》は、いっさい手にしていない。丸腰《まるごし》だ。なぜならスコットは天才だから。真珠湾攻撃に関する資料は丸ごと、彼《かれ》の頭脳のなかに存在している。

演壇《えんだん》に立って、まず「コホン」と、せきばらいをひとつ。

それから、満面に笑《え》みをたたえて、頭をぼりぼりかきながら、

「いやぁ、おみごと。完全にやられちゃいましたね。猫さんにドッカーンとやられちまって、見る影《かげ》もないねずみです。ごらんのとおり、もうよれよれですよ」

と、ジョークを一発。

緊張《きんちょう》が一気にほぐれて、会場は大笑いと拍手《はくしゅ》につつまれた。口笛まで飛び出した。わたしたち三人も親指を立てて、「その調子だ、行け行け」のエールを送る。

アグレッシブだったケンとは対照的な口調で、スコットは話し始めた。おだやかで、

ひょうきんで、ユーモラス。スコットがそういう口調を選んだのは、もちろん意図的だ。ケンがゆっくりしゃべっていれば、スコットは早口でまくし立てただろう。

「さてさて、肯定派《こうていは》の主張については、よーく理解できました。頭では、ということです。あ、言葉では、と言うべきなのかな。原爆《げんばく》投下は、卑怯《ひきょう》な日本軍に対する処罰《しょばつ》であった。ふぅん、なるほどねぇ、原爆はリベンジであり、パニッシュメントであり、不正義に対する正義であった……わかったような、わからないような、煙《けむ》に巻かれちゃうような言い草ではないですか。だって、真珠湾攻撃《しんじゅわんこうげき》は、一九四一年の十二月七日だったわけでしょ。忘れるな忘れるなと言われてもねぇ、何しろ三年と九か月がたってるわけですから、頭のいいねずみくんだって、すぐには思い出せませんよ。しかも、その三年と九か月のあいだ、猫《ねこ》さんとの戦争に大忙《おおいそが》しだったわけだし。おまけにとちゅうからは、猫さんの勝利につぐ勝利でしょ。負けつづけて、しっぽもちぎれて、ボロボロになっているところへ、いきなり、三年九か月前に犯した罪を罰《ばっ》するぞーと言われてもねぇ」

会場のそこここで、爆笑《ばくしょう》と拍手《はくしゅ》が起こる。ケンのときとはくらべものにならないくらい、会場の空気は笑いによって、ゆるんでいる。

スコットは笑顔《えがお》のまま突然《とつぜん》、口調を変えた。まるで、ふくらみ切った風船に針を向けるようにして。

「ところで、ケンの主張には何点か、あきらかなまちがいがありました。これからぼくが述べる意見は、反論というよりはむしろ、純粋《じゅんすい》な誤りの指摘《してき》に近いものになります。時間がかぎられていますので、要点だけを簡潔にまとめます。背後のスクリーンもご参照ください」

スコットの言葉を合図にして、事前の打ちあわせどおりに、わたしはすばやくキーボードをたたいて、しかるべき文書を呼び出した。

文書は三つ。ケンが真珠湾攻撃をとりあげた場合にそなえて、用意してあった五つの文書のうち三つだ。三つとも、写真ではなくて、一覧表や図解やリスト。色やイラストを添《そ》えて、わかりやすくまとめてある。

（1）日本軍からの宣戦布告が遅《おく》れた理由――在米日本大使館員の対応の遅れ
（2）真珠湾攻撃における「アメリカの勝利」について
（3）真珠湾攻撃で亡《な》くなった人数とその内訳――表1から3まで

「宣戦布告をしないで攻撃《こうげき》する。これはたしかに卑怯《ひきょう》なだまし討《う》ちだ。しかし、日本側は当初、攻撃の三十分前に宣戦布告をする予定だった。コーデル・ハル国務長官に『日米交渉《こうしょう》打ち切りの最後通牒《つうちょう》』を渡《わた》してから攻撃を開始するつもりで、日本の外務省はワシントンの日本大使館に電報を送った。大使館では、この電報を英文に訳してから、アメリカに渡す必要があった。しかし悲しいかな、電報には誤字や脱字《だつじ》も多く、しかも長文の電報は十四ものパートに分かれていた。みなさんもご存じのとおり、当時はワープロもなければ、パソコンもない。大使館員はまず、手書きで翻訳《ほんやく》を仕上げてから、タイプライターで清書する必要があった」

これらの要素に加えて、電報には「至急」という指示がついていなかったこと、十四のパートの最後の文面が大幅《おおはば》に遅《おく》れて届いたことなどもあって、大使館員は結局、その夜、予定されていた会合に出席するために電報の英訳をいったん打ち止めにして、大使館をあとにしてしまった。

「大使館員の怠慢《たいまん》、あるいは判断ミスと言ってしまえばそれまでのことだが、いくつかの不運が重なりあって、大きな不運を創《つく》り出してしまった、と言えるだろう。じつのところ、大使館員が国務長官に宣戦布告を手渡すことができたのは、攻撃から一時間後。つまり、手渡すための努力は、ぎりぎりまでつづけられていたということだ。何はともあれ、これで、卑怯なだまし討ちではなかったということを理解していただけたと思う。では、つぎへ進もう」

（2）については、学校の授業でもくりかえし教わった。

会場にいる人たちも全員、よく知っていることだったと思う。

ある教科書の記述を借りれば、〈日本軍の真珠湾攻撃《しんじゅわんこうげき》は、ある意味では失敗だった。なぜなら日本軍は、空母《くうぼ》レキシントンと空母エンタープライズを破壊《はかい》することができなかったから。そして日本軍は、基地にあった、艦船《かんせん》の修理施設《しせつ》を破壊しなかった。この二点の失敗のために、それから六か月後のミッドウェイ海戦で、日本はアメリカに敗北することになる〉――

「さて、これでみなさんもよーくおわかりのことと思います。真珠湾攻撃は卑怯なだまし討ちではなかった。また、アメリカは真珠湾攻撃において、致命的《ちめいてき》な打撃を受けてはいなかった。それどころか、この真珠湾攻撃によって、ルーズベルト大統領は、かねてより参戦したくてたまらなかった第二次世界大戦への参戦を実現させています。真珠湾攻撃《しんじゆわんこうげき》はむしろ、大統領の望むところでもあった。当時、戦争を望んでいなかったアメリカ国民を説得するためには、『卑怯《ひきよう》な真珠湾攻撃』は、なくてはならないきっかけでもあったわけです。一説によれば、ルーズベルトは当時、日本軍の暗号解読に成功しており、日本からの宣戦布告を事前に知っていた、という見方もあるほどなのです。最後にもうひとつ」

スコットからの目配せにしたがって、わたしがスクリーンに映し出したのは、(3)―表2「アメリカ軍基地以外での民間人の死亡者数」。

ホノルル	33
パールシティ	1
ワヒアワ	2
ワイパフ	1

「そうして、ハワイで亡《な》くなった罪もない人々、肯定派《こうていは》曰《いわ》く『おおぜいの民間人』三十七人の大半は、日本軍の攻撃によって亡くなったのではなく、アメリカ軍の対空砲《ほう》火《か》の弾片《だんぺん》、不発弾の爆発《ばくはつ》などによって、命を落としました。よって、日本への原爆《げんばく》投下が、三年九か月前の卑怯なだまし討《う》ちへの処罰《しょばつ》であった、という主張は通りません。もしもそういう主張をつづけるならば、それこそが不正義であり、罪もない人を罰した、という重罪に問われることでしょう」

会場は静まりかえっていた。

もしかしたら、真珠湾攻撃はだまし討ちではなかった、ということを、知らなかった人も多かったのかもしれない。宣戦布告が遅《おく》れた理由――在米日本大使館員の怠慢《たいまん》――や、ルーズベルトがじつは開戦を望んでいた、ということについては、わたしもこの討論会のためのリサーチを始める前までは、くわしくは知らなかった。

拍手《はくしゅ》につつまれて、スコットが席にもどってきた。

わたしたちはふたたび親指を立てて出迎《でむか》えた。

「博士、パーフェクトだったね！」と、ジャスミン。

「スコット投手、完全試合だ」と、ダリウス。

スコットも十五分ちょうどを使い果たしていた。時間の超過《ちょうか》は減点につながる。そういうルールも課せられている。

肯定派《こうていは》のテーブルからすっくと立ち上がったのは、エミリーだった。

エミリー・ワン。中国系アメリカ人。

立ち上がった瞬間《しゅんかん》、彼女《かのじょ》はまっすぐにわたしの顔に視線を当てた。気のせいだと思いたかったけれど、にらみつけられたという気がした。エミリーの意見主張が始まってすぐに、それは「気のせいではなかった」と気づかされることになる。

開口一番、エミリーはこう言った。

「原爆《げんばく》で亡《な》くなった広島と長崎の人々は、はたして、ほんとうに、罪もない人々だったのでしょうか？　むしろ、殺されて当然の人々だったのではないでしょうか？」

殺されて、当然？　なんてことを言うの？

度肝《どぎも》を抜《ぬ》かれた。

わたしだけではない。ジャスミンもスコットもダリウスも、おそらく会場の人たちも、まさに十二月七日の朝、どこまでも澄《す》みわたった青空に、日本軍の飛行機を発見したハワイの人たちのように茫然《ぼうぜん》とし、おどろきのあまり言葉を失っていた。

エミリーは、金槌《かなづち》で釘《くぎ》を打ちつけるような口調でそのあとをつづけた。

「なぜなら、当時の日本には、国民全員がひとり残らず、女も老人も子どもも兵士となって、鬼《おに》のようなアメリカ兵と戦うべし、そういう法律がありました。日本人ひとりが十人のアメリカ兵を殺せば、勝てると信じていたのです。現に沖縄《おきなわ》でもそのような戦い方をして、アメリカ兵を恐怖《きょうふ》で縮みあがらせました。トルーマン大統領は、広島への原爆投下の三日後に、ある人物から届いた電報に対して『日本をこらしめるためには、原爆を落とすしかなかった。獣《けだもの》に対処するには、相手を獣として扱《あつか》うしかない。たいへん残念なことだが、これは真実である』と返事を書き送っています」

エミリーの背中に向かって、わたしは無言の抗議《こうぎ》をした。

日本人は、広島と長崎の人たちは、獣だと言いたいの？

わたしの胸の内を見すかしたかのように、エミリーは鋭《するど》い口調でまくし立てた。

「さきほどのスコットの話にも出ましたが、私は、第一回でメイ・ササキ・ブライアンがさかんに強調していた『罪もない一般《いっぱん》市民』という言葉に疑問を投げかけます。

メイの発言、および、原爆否定派《げんばく》の主張のとんでもないかんちがいが、ここにあります。広島と長崎の人々は、一般《いっぱん》市民でもなく、罪もない人々でもなかった。これが、私の感情論ではないという証拠《しょうこ》を示します」

エミリーの示した「証拠」というのは、日本が一九三八年に成立させていた「国家総動員法」という法律だった。

この法律はもともと、日中戦争の長期化を予想してつくられたものだったという。その内容は「戦争遂行《すいこう》のために政府は、国家のすべての人的、物的資源を統制、運用することができる」というもの。まさに、最初にエミリーの述べた「国民全員がひとり残らず、女も老人も子どもも兵士となって、鬼《おに》のようなアメリカ兵と戦うべし」という法律だったと言えるだろう。

そういえば学校でも、この法律について学んだ記憶《きおく》は、うっすらとだけれど、あることはあった。「総動員」という言葉は、軍事用語として、ドイツの軍人が考え出したもので、その思想は、戦争中の国家経済を、戦争のために確固たるものにしていく、というものではなかったか。わたしの頭のなかでは、この法律と「罪もない人々」の定義がうまく結びついてはいなかった。たった今、エミリーの発言を聞くまでは。

「戦争では、兵士が兵士を殺すのはあたり前です。なぜならそれが仕事であり、任務だからです。かねてより日本の打ち立てていた『国家総動員法』によれば、広島と長崎の人たちは当時、ひとり残らず兵士であったということになりませんか？　また、戦争末期の日本では、将来の戦力を温存するために、子どもたちを安全な田舎《いなか》に避難《ひなん》させていたという歴史的な事実もあります。言ってしまえば、子どもたちも、兵士だったわけです。ならば、戦争でアメリカ軍に殺されても、当然ではありませんか？　メイ、あなたは大きなまちがいを犯しました。そうではありませんか？」

名指しでわたしを批判する発言を耳にして、思い出した。

第一回の最後に飛んできたあの野次《やじ》。あれは、エミリーがあらかじめ頼《たの》んでいた人から発せられたものだったのかもしれない。根拠《こんきょ》はない。ただの憶測だ。

——第二次世界大戦中、日本兵に殺された中国人の数は、原爆で死んだ日本人の百倍だったってことを忘れるな！

憶測は、当たってしまった。

「ではこれから、日本兵がいかに邪悪《じゃあく》な獣《けだもの》であり、広島と長崎の人々が殺されて当然の兵士たちであったか、つまり、被爆者《ひばくしゃ》たちが罪もない人々ではなかったことを、さらに突《つ》っこんで、徹底的《てっていてき》に証明してみたいと思います」

エミリーはつかのま、口を閉じた。一、二分くらいの沈黙《ちんもく》。その間《かん》、背後のスクリーンに現れては消えていく写真を見て、わたしたち四人は愕然《がくぜん》とするしかなかった。中国で日本兵がおこなったとされている残虐《ざんぎゃく》な殺戮行為《さつりくこうい》が、これでもかこれでもかと映し出されていた。目をおおいたくなるような残酷《ざんこく》な写真ばかりだ。棒にくくりつけられたまま、剣《けん》で腹《はら》を突《つ》き刺《さ》されて死んでいく中国人は、あきらかに「一般《いっぱん》市民」のように見える。

人間は、人間に対して、ここまで残酷なことができるものなのか。

わたしたちはもちろんのこと、会場の人たちも激しいショックを受けているように見受けられた。第一回でわたしたちの使った原爆《げんばく》の写真も、たしかに残酷なものだった。が、そこには被害者《ひがいしゃ》だけが写っていた。加害者のすがたは、写っていなかった。

さっきまでの厳しい口調とは打って変わって、エミリーは静かに、声を怒《いか》りでふるわせながら主張を展開した。

「みなさん、罪もない人々というのは、こういう人々のことなのです。日本兵に殺された中国の一般市民こそが、罪もない人々なのです。当時の中国は、日本に攻《せ》めこんだわけでもなく、日本本土や日本人になんら危害をおよぼしたりすることもありませんでした。それなのに一方的に攻めこんできた日本兵によって、自分たちの住んでいる土地や家を奪《うば》われ、追い出され、略奪《りゃくだつ》され、レイプされ、死んでいったのです。日本兵が殺したのは、中国の一般市民です。のちに東南アジアでも同じことが起こります。日本兵に殺されたのは、きのうまで普通《ふつう》に暮らしていた農民であり、学生であり、子どもたちだったのです。どんな悪いことを、中国人は日本に対してしたのでしょうか。何もしていない。中国は日本から何も奪っていない。ただ、命を奪われただけです。そこが、広島と長崎の人々とは根本的に異なるのです。被爆者たちは、南京《なんきん》で罪もない中国人が殺されつづけていたとき、日本国内で拍手喝采《はくしゅかっさい》をし、喜びつづけていた人たちなのです」

延々とつづくエミリーの話を聞きながら、わたしたち四人は小声でささやきあっていた。

「南京虐殺《ぎゃくさつ》か……」

「どうする？」

「痛いところを突《つ》かれちまった」

天才スコットでさえ、しっぽを巻きかけている。

わたしたちは「バターン死の行進」――日本軍がアメリカ人捕虜《ほりよ》に対しておこなった残虐《ざんぎやく》な行為《こうい》――に関するリサーチに気をとられてしまっていて、日中戦争については何も調べていなかった。ケンの真珠湾攻撃《しんじゆわんこうげき》につづいて、エミリーはかならずバターン死の行進をとりあげるだろうと予想していた。

なぜなら、長崎に原爆《げんばく》を落としたあと、トルーマン大統領はラジオを通して、アメリカ国民にこのような声明を発表していたからだ。

〈われわれが開発した爆弾《ばくだん》を、われわれは使用した。真珠湾でわれわれに通告することなく攻撃をおこなった相手に、アメリカ人捕虜を飢餓《きが》にさらし、殴打《おうだ》し、処刑《しよけい》した相手に、そして、戦時国際法を遵守《じゆんしゆ》するそぶりさえかなぐり捨てた相手に、原爆を投下した〉――

この「アメリカ人捕虜を飢餓にさらし、殴打し、処刑した」――いわゆる「バターン死の行進」については、学校でもくわしく習っていた。

わたしの使っている教科書には、こんな記述がのっている。

〈一九四二年四月十日、フィリピンのバターンが日本軍によって陥落《かんらく》したあと、約七万五千人の捕虜たちが一か所に集められ、捕虜収容所に向かって、六十五マイル（約百四キロ）もの距離《きょり》を行進させられた。行進中、捕虜たちは水も食べ物も与《あた》えられず、意味もなく殴打されたり、撃《う》たれて死んだり、生きたまま埋《う》められたりした。この死の行進によって、少なくとも二万二千人の捕虜が亡《な》くなった。同様のことは、五月六日に陥落したコレヒドールでも起こった〉――

しかし、この行進を理由にして、原爆を肯定《こうてい》することはまちがっている。なぜなら、行進させられた人たちは「兵士」であり、原爆で殺された人々は「罪もない人々」だったのだから、というのが、わたしたちの打ち出そうとしていた反論のシナリオだった。まさかエミリーが南京虐殺《なんきんぎゃくさつ》をぶっつけてくるなんて、予想もしていなかった。

これこそ、奇襲《きしゅう》攻撃ではないか。

「……最後にひとつだけ、断っておきますが、私は、日本人が憎《にく》いとか、日本をきらっているとか、そういう個人的な感情によって、原爆投下は日本に対する妥当《だとう》な処罰《しょばつ》であったと言っているわけではありません。ただ、『罪もない人々』とは、いったいどういう人たちなのか、それについて、原爆否定派にもっとよく考えてもらいたい。被爆者《ひばくしゃ》目をしっかりとあけて、歴史的真実を見てほしい、そう思っているだけです。被爆者イコール無垢《むく》な被害者《ひがいしゃ》であり、原爆の犠牲者《ぎせいしゃ》イコール罪もない人たちであった、というまちがった考え方から解放されてほしい、そう願っているだけです。アメリカの原爆投下は、罪もない中国人の受けた苦しみに対する報復であり、第二次世界大戦中、千六百万人もの中国人を殺害した日本軍と、それを支持した人々に対する処罰《しょばつ》であった、ゆえに正当な行為《こうい》であった。以上で、私の発表を終わらせていただきます。ご静《せい》聴《ちょう》、ありがとうございました」

エミリーはとちゅうから涙声《なみだごえ》になり、最後は指で涙をぬぐいながら、主張を終えた。

彼女《かのじょ》は、制限時間を十分もオーバーしていた。

これは大きな減点の対象になる。

席へもどっていくエミリーのうしろ姿、背中のまんなかまでのばされたまっすぐな黒髪を見送りながら、わたしは思った。

もしかしたら彼女は意図的に、戦略的に、時間オーバーをしたのか。

違反《いはん》をしてもなお「勝ち」を得られるという自信のもとに？

あるいは、彼女の時間超過《ちょうか》は、最初から「負け」を覚悟《かくご》の上で、なされたものだったのか。

背水《はいすい》の陣《じん》？　だとすれば、人々はその心意気に胸を打たれて、肯定派《こうていは》に一票を投じるかもしれない。

「ぼくの出番だ」

ダリウスが立ち上がった。

「だいじょうぶだ、まかせてくれ。心配するな。白旗は掲《かか》げない」

小声でつぶやきながら、わたしとスコットとジャスミンの肩《かた》に軽くふれたあと、演《えん》壇《だん》に向かった。長い手足を持てあますようにして。

彼の持ち時間は、五分しか残されていない。

原則として、相手が時間超過をしても、全体の時間は延長されないことになっているから。

会場はさっきから、水を打ったようにシーンとしている。

ブィーン、ブィーン、と、低くうなるような空調の音だけがかすかに聞こえる。

ダリウスは、エミリーの起こした衝撃波《しょうげきは》を五分でやわらげ、五分で涙《なみだ》の主張をくつがえすことができるだろうか。

背後のスクリーンは沈黙《ちんもく》したままだ。

わたしのパソコンには、南京虐殺《なんきんぎゃくさつ》に関する資料は入っていない。

それでも何か、なんでもいいから何か、有効なファイルを呼び出せないか。

わたしはキーボードをたたきつづけた。

公開討論会　第三回

――ラウンド3

人種差別と戦争

きょうは八月二十一日、土曜日。

冷蔵庫のとびらにマグネットで留められているカレンダーのなかでは、色あざやかで力強い夏の花たちが咲《さ》きほこっているけれど、空には秋の気配が、吹く風《ふ》には秋のかおりが混じり始めている。池の蛙《かえる》たちは急に静かになって、かわりに、朝夕、虫の音《ね》が聞こえるようになってきた。

わたしは、公開討論会の第三回の開始時間よりも一時間早く、両親の車で会場まで送ってもらって、ひかえ室でひとり、ランチを食べている。

両親は、わたしを送り届けたあと、となり町に住んでいる友人夫妻の家へ出かけた。ホームパーティに出席するためだ。

「気持ちとしては、パーティよりも、討論会のほうに行きたいんだけど、ごめんね。

いろいろと義理もあって」

すまなそうに謝《あやま》る母に対して、わたしは笑顔《えがお》で言った。

「とんでもない！　パーティのほうがだいじに決まってる。大人には大人のおつきあいがあるんだもの。とびきり楽しい午後を過ごしてね」

パーティをとちゅうで抜《ぬ》け出して、討論会に顔を出そうかな、と言った父には、眉《まゆ》をひそめて首を横にふった。

「よけいなこと、しないでくれる？　そんなことしたら、みんなの集中力がとぎれちゃうでしょ」

きょうはわたしの意見発表がある。両親にはパーティに行ってもらわないと困るのだ。

「じゃあ、最後のほうだけでも」

しつこい父に、こう釘《くぎ》を刺《さ》した。

「だめよ。映画と同じよ。最後だけ見たって、おもしろくもなんともないじゃない？」

母のつくってくれたツナサンドイッチとりんごサラダのおべんとうを食べながら、わたしはノートを広げて、きょうの発表のための復習を始めた。

第二回は残念ながら、わずかの差で、原爆肯定派《げんばくこうていは》の勝ちになった。

わたしたち否定派は、エミリーの涙《なみだ》の主張に負けた。

エミリーは、時間オーバーというルール違反《いはん》をあえて犯《おか》して、勝ちをねらった。

勝つためには、手段を選ばない。

そういうやり方が人々の共感を得ることもある、ということをわたしたちは学んだ。

だからといって、それをまねるつもりはない。

「数字だけ見れば負けだったのかもしれないけれど、ほんとはあなたたちの勝ちだったような気がするわよ。最後のダリウスの発言は、なんて言えばいいのかな、胸に染《し》みたもの」

ここへ来る車のなかで、母はそう言ってくれた。

父も、母の意見に大きくうなずいた。

「うん、たしかにダリウスの主張は、ひじょうにすばらしかった。たった五分で、それまでの殺気立った空気がすーっと静まったね。本来は、きみたちの勝ちだったと僕《ぼく》も思う。会場の人たちもみんな、そう思ってたんじゃないかな」

同感だ。

ダリウスの発表は、今もこの胸に食いこんでいる。

まさに、浸透《しんとう》するという感じで。

わたしは癒《い》やされた。

彼のあの発言を聞くことができただけでも、この討論会に参加した意義はあった、と思えるほどに。


「……エミリーの言いたいことはよく理解できた。いや、理解しているつもりだと言ったほうが正しいかもしれないな。エミリー、そして、みなさん、このぼくはごらんのとおり、どこからどう見ても、百パーセント、マイノリティだ。みなさんもよくご存じのように、ぼくたちの祖先は奴隷《どれい》として、この国に連れてこられた。ぼくの祖先は、人ではなくて物として、売買されていたんだ。少し前までは、バスに乗るときも、便所に行くときも『カラード・パーソン』、つまり、黒人専用の場所を使わなくてはならなかった。長いあいだ、白人社会から締《し》め出され、まっとうな人間として見られることも、あつかわれることもなかった。戦時中だけじゃなくて、日常的に、悲惨《ひさん》な状況《じょうきょう》に置かれていたんだ。皮膚《ひふ》の色が黒いというだけでね。しかし、ここからが大切なことなんだが、だからといって、黒人が白人を処罰《しょばつ》してもいい、という論理は成り立たない。目には目を、歯には歯を、という考え方を持っているかぎり、人類に平和は訪《おとず》れない。みなさん、そうは思いませんか？」

会場のかたすみで、「ヒューッ」と、口笛を鳴らした人がいた。腕《うで》をななめに突《つ》き出して、にぎりこぶしを高く上げている人たちも数人いた。「ブラックパワー・サリュート」と呼ばれている、黒人差別に抗議《こうぎ》するパフォーマンスだ。ノーマンとケンは目をふせていたが、ナオミとエミリーは唇《くちびる》をきりっと結んだまま、ダリウスの背中をにらみつけていた。

「……もうあまり時間がないので、残念ながら多くは語れない。ただ、これだけを言いたい。ぼくたち黒人というのは、エミリーの主張した『ほんとうに罪もない人間』というカテゴリーに入ると思う。だから、ぼくの発言は、罪もない黒人としての意見だ。中国で、どれほど多くの人たち、子どもたち、赤《あか》ん坊《ぼう》までが殺されたのか、歴史的事実については認めるし、頭では『よくわかった』と言わせてもらいたい。しかし、その上で、こう言いたい。広島と長崎の人たちはたしかに、軍国主義によって洗脳されていたのかもしれないが、職業的軍人ではなかった。竹槍《たけやり》でアメリカ兵を殺すことは、そもそも不可能だ。彼《かれ》ら、彼女《かのじょ》たちは、まったく罪もない人たちとは言えないのかもしれないが、あきらかに弱き者たちであった。アメリカ軍の捕虜《ほりょ》になることすら許されていない、究極の捨《す》て駒《ごま》だった。軍の奴隷《どれい》だったと言ってもいい。かつての黒人と同じだったと言ってもいい。そういうわけで、広島・長崎への原爆《げんばく》投下は、単なる弱い者いじめであったのではないかと、ぼくは思っている。死にかけている病人たちを、殺そうとしているようなものだったと。当時、日本は水面下で和平交渉《こうしょう》に東奔《とうほん》西走《せいそう》していたという事実もある。おおぜいの中国人を虐殺《ぎゃくさつ》した日本の軍部は批判されるべきだろう。『バターン死の行進』もしかりだ。しかしながら、南京《なんきん》虐殺の罪を、広島・長崎の人たちが死をもってつぐなわなければならない、という考え方を、ぼくはどうしても受け入れることができない……」

ダリウスの発言が終わりかけているとき、スコットからわたしに走り書きのメモが回ってきた。

そこには「ウィリアム・D・リーヒ」という名前が記されていた。

あせりでふるえる指先でキーボードをたたいて、わたしは、ダリウスの背後のスクリーンに、リーヒ大統領付参謀長《さんぼうちょう》の「回想録――私はそこにいた」の一部を映し出した。

ジャスミンからの指示に気づいて、ダリウスはうしろをふりかえり、リーヒの言葉をゆっくりと朗読した。

当時の大統領の側近の言葉が、ダリウスの肉声となってよみがえり、わたしたちの胸を打った。

〈日本の敗戦はすでに明白であり、降伏《こうふく》の準備もできていた。私の個人的な感覚としては、この兵器を最初に使った国家として、われわれアメリカは、暗黒時代の野蛮人《やばんじん》たちの倫理《りんり》基準を採用してしまった〉――


第三回が始まった。

トップバッターは、わたしたち原爆《げんばく》否定派のリーダー、ジャスミンだ。

今回から順番を入れかえて、否定派の意見発表から始めることになっている。第二回と同じように、持ち時間は十五分ずつ。合計四人の発表が予定されている。

「今回、もしも時間オーバーがあった場合には、それだけで、そのチームの負けとする」

事前にノーマンから言いわたされた注意事項《じこう》のなかには、そんな項目があった。エミリーが時間超過《ちょうか》をしたのに、チームが勝ったことを、彼《かれ》は恥《は》じているのだろうか。

ノーマンは正義感が強い。女の子にもてるのは、そのせいかもしれない。きょうは彼の発表のある日なので、応援団《おうえんだん》の気分もいっそう盛り上がっているようだ。彼女《かのじょ》たちは「ノーマン、行け！」という横断幕まで用意している。

ジャスミンは演壇《えんだん》に立つと、開口一番こう問いかけた。

「みなさん、前回のダリウスの発言を思い出していただけますか？」

ジャスミンは、ただそこに立っているだけでも、独特な存在感がある。高校生とは思えないほど、成熟した大人の雰囲気《ふんいき》。「オーラを放つ」という言葉は、彼女のために存在しているのではないかと思う。ハワイ州生まれ、西海岸育ち、高一からニューヨーク州で暮らしている。お父さんは作家で、お母さんは画家。

「彼はこう語りました。黒人は長いあいだ、白人によって差別され、疎外《そがい》され、非人道的なあつかいを受けてきた。しかし、『黒人が白人を処罰《しょばつ》してもいい、という論理は成り立たない』と。私たち原爆《げんばく》否定派の言いたいことは、まさにこれなのです。真《しん》珠湾《じゅわん》攻撃《こうげき》、南京虐殺《なんきんぎゃくさつ》、それらを罰するためにアメリカは原爆を使った。アメリカの原爆投下は正しかった。そういう考え方はまさに、目には目を、歯には歯を、の思想にほかなりません。まさに、暗黒時代の野蛮人《やばんじん》のやり方なのです。暴力に対抗《たいこう》するものとして、暴力を持ってきても、暴力は止められない。暴力はますます激しくなっていくだけです」

　肩《かた》までのばした髪《かみ》の毛は黒っぽい茶色で、ほんの少し、ちぢれている。瞳《ひとみ》は茶色。肌《はだ》の色は白くはない。彫《ほ》りの深い顔つき。アラブ人にもギリシャ人にも見える。体は小柄《こがら》で、うしろ姿はメキシコ人にもアジア人にも見える。ジャスミンに言わせれば「私の人種は、ミックスジュース。ほんとうに、いろんな人種が混じっているのよ。白人、黒人、ラテン系、ネイティブ・アメリカン。世界中、どこの国に出かけても、だいたいその国の人に見られるの。得でしょ。他人から、人種について、とやかく言われない。そういう意味では、私、典型的なアメリカ人かもね。アメリカ人って、もともとそういう人種は『ない』んだものね」となる。

「ねえ、メイ、私、日本へ行ったら、日本人で通るかしら？」

以前そう問われたとき、通りそうだねと、わたしは答えた。「とびきり美人の日本人に見えるよ」って。

ジャスミンの両親は一九六九年、ヴェトナム戦争に反対する若者たちを含む人々が四十万人あまりも集結したことで知られる、伝説のロックコンサート「ウッドストック・フェスティバル」で知りあい、つきあうようになった。だからジャスミンは「反戦カップルから生まれた平和の落とし子なの。生まれたときから、反戦運動家になる運命だったのよ」という。

なんてすてきなんだろうと思った。

反戦カップルから生まれた、平和の落とし子——。

この討論会を発案・企画《きかく》し、スコットとノーマンに声をかけたのもジャスミンで、彼女《かのじょ》は去年の三月に始まった、英米軍によるイラク攻撃に抗議するために、なんらかの行動を起こさなくてはならないと考えたのだった。

「ヒステリックな反戦集会やデモだけじゃだめなの。ただ集まって反戦をさけぶだけだと、その場かぎりで終わってしまって、具体的には何も変えることができない。もっと深く掘《ほ》り下げて、戦争の悪をじりじりあぶり出していくようなイベントが必要なの。イラクに原爆《げんばく》が落とされる可能性もないとは言えない今、広島と長崎で起こったことを、人々に思い出してもらい、考えてもらうことには、大きな意義があると思うの」

ジャスミンの呼びかけに共鳴したスコットとノーマンの集めたメンバーが、エミリー、ナオミ、ケン、ダリウス、わたしの五人だったというわけだ。

七人は全員、ジャスミンの反戦思想に共鳴し、戦争に反対している。会場の人々の大半も、きっと。少なくともわたしはそう信じている。けれども、肯定派《こうていは》の四人は、戦争には反対するけれど、日本に対する原爆投下は肯定的にとらえるという。これはいったい、どういうことなんだろう。

わたしの頭はいぜんとして、霧《きり》につつまれている。五里霧中《ごりむちゅう》。抜《ぬ》け出そうとしても抜け出せない、葛藤《かっとう》のうずのなかに巻きこまれている。

「みなさんは私と同じで、平和を愛する人たちです。この世の中に、平和を愛さない人がいるでしょうか？　いたら、会って顔を見てみたいと私は思います」

ジャスミンの声はやわらかく、あたたかく、かすれさえも湿《しめ》り気《け》を帯びている。乾《かわ》き切った夏の真夜中、ひそやかに降り始めた恵《めぐ》みの雨のように、会場の空気に染《し》みわたって、人々の気持ちをうるおしていく。

静かな口調で、ジャスミンは切り出した。わたしたち否定派の切り札だ。この討論会全体を通して、もっとも強調したいと思っているテーマだ。

「原爆投下の根もとにあったものは、人種差別ではなかったか、と、私たちは考えます。原爆投下は報復でも処罰《しょばつ》でもなく、戦争行為《こうい》でもなく、その目的もその結果も、人種差別であった、これに尽《つ》きるのではないかと。アメリカは、仮に原爆がもっと早く完成していたとしても、ドイツには落とさなかったでしょう。イタリアにももちろん。これからもおそらく、白人国家には落とさないでしょう。原爆実験がおこなわれたのも、ネイティブ・アメリカンの暮らす土地でした。その後、現地の人々に甚大《じんだい》な犠牲《ぎせい》を強《し》いながら、ビキニ環礁《かんしょう》での実験もおこなっています。原爆の開発や実験においても、選ばれているのは、有色人種の土地ばかりです。そして、落としたのは唯一《ゆいいつ》、アジアの小国、日本。しかも、立てつづけに二発も。アメリカ側に人種差別意識はまったくなかった、と言えるでしょうか。日本がもしも白人の国家であったなら、アメリカはあのように原爆を落としたでしょうか」

肯定派《こうていは》のテーブルでは、エミリーとケンが手もとの資料を指さしあいながら、小声で何かを話しているようだ。対照的に、ノーマンとナオミは背筋をピンとのばして、ジャスミンを見つめている。

ジャスミンのあとに意見を主張するのは、おそらくナオミだろう。

ナオミはユダヤ系だ。人種差別に関して、一家言《いっかげん》を持っているにちがいない。第二次世界大戦中、ナチス・ドイツによって、絶滅《ぜつめつ》の危機にさらされていた民族なのだから。被差別者《ひさべつしゃ》であるナオミが、どんなふうに原爆《げんばく》投下を肯定していくのか、いやが上にも興味をそそられる。

「ところでみなさんは、その昔、カリフォルニア州一帯で、激しい排日《はいにち》運動、すなわち、日本人移民排斥《はいせき》の運動があったことをご存じでしょうか？」

事前の打ちあわせに従って、スコットがジャスミンの背後のスクリーンに映し出したのは、明治時代、日本の貧しい農村に見切りをつけて、アメリカに移住してきた日本人男性たちのすがただった。

彼《かれ》らはアメリカにわたったのち、鉄道建設の工事現場や、白人の経営する農場などで、過酷《かこく》な労働に従事していた。

鉄道で働く移民は「鉄道ボーイ」と、農場で働く移民は「農業ボーイ」と呼ばれていた。「ボーイ」には、下僕《げぼく》という意味がある。

「日本人よりも先に、移民として入ってきていた中国人が排斥され、中国からの移住が全面的に禁止されたため、かわりに、日本人が入ってくるようになりました。安い賃金で長時間、働いてくれる移民が、どうしても必要だったのです。中国人も日本人も、必要だったから受け入れたのに、彼らがいっしょうけんめい働き、お金をもうけるようになると、こんどは彼らを排斥するようになるのです。出ていけと言って石を投げ、追い出そうとしたのです」

中国人移民はある程度お金がたまると、本国へもどる人が多かったが、日本人のなかには、アメリカで土地を買って、アメリカに根づこうとする人もいた。

そのことに猛烈《もうれつ》に反発したのが、アイルランド系の移民だった。自分たちの仕事や土地を奪《うば》われたとして、彼らは日本人移民を憎悪《ぞうお》するようになった。

それをあおり立てたのが、西海岸のマスメディアだった。

人種差別的な考えを持つ新聞や雑誌はこぞって「ジャップス・ゴー・ホーム（日本人、出ていけ）」という見出しの記事を書きつらねた。そして政治家たちは、支持者から票を集めるために「人種差別」をおおいに活用した。

「このように、人種差別というのはつねに、国家権力と結びついたものでありつづけています。国民をひとつにまとめ、戦意を盛り上げるのに、人種差別ほど都合のいい材料はない、と言ってもいいでしょう。つまり、戦争と人種差別は、切っても切り離《はな》せないものなのです。原爆《げんばく》投下は、日本人に対する人種差別意識から発生したものである、ということ。もちろん、原因はほかにもありました。ありましたが、それらの根っこは人種差別であった、ということ。差別は、偏見《へんけん》とも言いかえられます。差別も偏見も、無知から発生します。私たちは同じ人間として、ここから、つまり『人種差別』から、目をそらしてはならないのではないかと考えます。アメリカは、多人種が寄りあい、手をつなぎあって、自由な国家を築いていこうという、すばらしい理念のもとに出発しましたが、先週ダリウスが述べたように、黒人に対する差別は今も根強く残っているし、太平洋戦争のあとには朝鮮《ちょうせん》半島で、ヴェトナムで、今はイラクで、やはり人種差別に裏打ちされた戦争を、アメリカは起こしています。もともと、先住民たちの土地を力ずくで奪《うば》いとったのも、人種差別のなせるわざでしょう。アイルランド系の白人が日系人を差別し排斥《はいせき》してきた歴史と、原爆投下は、同じひとつの根からのびてきたものなのです」

　ノーマンの白い頬《ほお》が、耳まで赤く染まっているのが見てとれた。

　もしかしたら、彼《かれ》にとっては未知の歴史的事実だったのだろうか。かつて、アイルランド系移民たちが、日本人移民を「黄色い猿《さる》たち」「下品で下等な民族」などと口《くち》汚《ぎたな》くののしり、いじめ、石やトマトを投げつけていたなんて。たぶん、彼にとっては寝耳《ねみみ》に水であり、信じたくない史実であるにちがいない。

　わたしだって、ジャスミンから借りた書物をひもといて、このような差別の歴史を知ったときには、少なからず、ショックを受けた。

　わたしの父はアイルランド系で、母は日本人なのだから。

　わたしから話を聞かされたとき、父の語った言葉を、胸のなかでなぞってみる。きょうの発表のなかで、うまく披露《ひろう》できたらいいなと思っている。ジャスミンの主張を、別の角度からささえる柱として。

　――もちろん、知っていたよ。アイルランド人はヨーロッパで、イギリス人から差別され、いじめられてきたのに、アメリカに来てからは中国人をいじめ、日本人をきらった。人間というのは、悲しいものだね。でも、だからといって、僕《ぼく》は自分がアイリッシュであることを恥《は》じてはいないよ。ほこりに思っている。あるものごとを人種単位でとらえたり、ある人を人種によって「こういう人だ」と決めつけたりするのは、ひじょうに危険だし、まちがっていると僕《ぼく》は思う。メイもそうだろ？　メイは、自分が日系&《アンド》アイルランド系アメリカ人だからそう思うのではなくて、メイはメイだから、そう思うんだよね。人は、人種ではなくてまず、個人として存在している。メイも、そのことを忘れちゃだめだよ。過去のことを反省するのは、悪いことじゃない。おおいに反省しないといけない。だけど、引きずっちゃだめだし、とらわれちゃだめだ。アイリッシュはその昔、たしかに日本人を排斥《はいせき》していた。だけど、僕はきみのおかあさんと恋愛《れんあい》して、結婚《けっこん》した。僕はアイリッシュである前に、ひとりの男であり、ひとりの人間であるからだ――。

ジャスミンの主張は十五分きっかりで終わり、予想していたとおり、ナオミが立ち上がって、演壇《えんだん》の前に立った。

紺色《こんいろ》に白の水玉もようのワンピースに、オフホワイトのレースのカーディガンをふんわりと羽織《はお》っている。カーディガンの胸には、小鳥のブローチ。ほっそりして、たおやかで、まるでおとぎ話に出てくる妖精《ようせい》みたいな人。うわさでは、ナオミとノーマンはつきあっているらしい。おにあいのカップルだなと思う。いいなぁ。うらやましいなぁ。わたしにもいつか、彼氏《かれし》ができるのかなぁ。

ぼーっとそんなことを思っていると、いきなり、儚《はかな》げな外見からは想像もできないような、激しい発言が飛び出してきた。

「ばかばかしい！　ばかも休み休み言ってほしい！　私は今、そうさけびたいような気持ちです。ジャスミンをはじめとする原爆《げんばく》否定派の言い分には、もうがまんなりません。私の神経は、プツンと切れました。人種差別。戦争と人種差別。なるほど、それはまた、ごりっぱなテーマを持ち出してきたものです。アメリカが、日本人に対する人種差別意識をいだいていたから、原爆を落とした？　仮にそうであったとしても、私は原爆投下を断固、肯定《こうてい》します。なぜなら、当時の日本は、ドイツの同盟国であったからです。ナチス・ドイツの同盟国ですよ！　許せません、そんな国！」

とげだらけの、弾丸《だんがん》みたいな言葉だった。

痛かった。敵意というのは、むき出しにされると、それだけで人々の心を傷つけてしまうものだと思った。同じことを述べるにしても、とげを抜《ぬ》いた形で述べれば、逆にもっと説得力を持たせられるかもしれないのに。

「いまいましい！　いいですか、思い出してください。そして、忘れないでください。第二次世界大戦中、ドイツ、イタリア、日本は、三国同盟を結んでいたのです。日本の東條英機《とうじょうひでき》は、アジアのヒトラーだったのです。ユダヤ人を絶滅《ぜつめつ》させようとしていたヒトラー率いるドイツと日本は、味方同士であった。ドイツが降伏《こうふく》したあとも、日本は戦争をやめなかった。だったら、戦争行為《こうい》として、日本をたたくのは、当然ではありませんか。アジアのヒトラーを原爆《げんばく》でこらしめて、どこがいけないのですか？　人種差別はいけない。絶対にいけない。人種差別をするのは、最悪な人間である証拠《しょうこ》。そういう意味では私は、ジャスミンの主張に全面的に賛成します。賛成するがゆえに、原爆投下を肯定《こうてい》します。アジアのヒトラーは、A級戦犯《せんぱん》として死刑《しけい》になりました。あたり前です。原爆が落とされなかったら、日本のヒトラーは自分の国の国民まで、皆《みな》殺《ごろ》しにしようと考えていた。原爆によって、救われた日本人もいたんじゃないですか。このことを忘れてはならないと思います」

息継《いきつ》ぎもしないで、長距離《ちょうきょり》を一気に泳ぎぬくようにして、ナオミは反論を展開した。

「日本からの移民が受けたいじめが、なんだって言うのですか？　殺されたわけじゃないでしょ？　選別されて、ガス室に送られたわけでもないでしょ？　ただ、自分の国へ帰れと言われただけじゃない？　そんなのとユダヤ人の受けた地獄《じごく》の苦しみを、いっしょくたにしないでくれますか？」

ナオミがしゃべっているあいだじゅう、うしろのスクリーンには、ユダヤ人の絶滅を目的とした強制収容所の生々しい映像が映し出されていた。

会場からは、いくつものため息がもれた。重いため息だった。ユダヤ系の人も、そうでない人も、みな一様に、ため息をついていた。

ナチス・ドイツというのは、どう考えても「悪」でしかない。比類ない悪というのは、ナチス・ドイツのことだ。ユダヤ人こそ、正真正銘《しょうしんしょうめい》の罪もない人々だ。ナチス・ドイツには、かばおうとしても、かばえるところがひとつもない。ドイツ自身も、そのことを認めている。そのナチス・ドイツと日本が同盟国だったと言われたなら、これまた、反論の余地はない。わたしたち原爆否定派は、まるで足もとの床《ゆか》をぐらぐら揺《ゆ》さぶられているような気分におちいっている。

「ところで、私の親戚《しんせき》のおじさんのひとりはアメリカの軍隊に入って、国のために働いています。イスラエルに住んでいる親戚にも、軍人が何人かいます。私は、戦争は絶対にいやだし、人殺しも絶対に認めないけれど、軍隊と軍人の存在は認めています。国を守るために、世界の秩序を守るために、平和を守るために、軍隊は必要ではないかと考えています。軍人とは、戦場で戦うのが仕事です。たとえ、自分に向かってくるのが少年兵であっても、女性兵であっても、軍人は、その少年兵なり女性兵なりに銃《じゅう》を向けなくてはならない。それは、それが職業だからだと思うのです。ナチス・ドイツのような絶対悪が台頭《たいとう》してくれば、それに立ち向かうためには、強い軍が必要です。ナチス・ドイツと同盟を結んでいる国があれば、その国をたたきつぶすために、原爆《げんばく》が必要です。人種差別を根絶するためにも、原爆投下は必要だったのです。もしもイラクにテロリストがひそんでいれば、私はイラクへの原爆投下も肯定《こうてい》します。以上です」

一拍《いっぱく》だけ遅《おく》れて、拍手《はくしゅ》が起こった。

決して、心の底からの拍手ではない、という気がした。でも、おざなりな拍手でもない。あきらめにも似た共感、とでもいうべきか。

なんとはなしに、あと味のよい拍手ではなかった。

時計を見ると、午後一時半。

ナオミの主張もきっかり十五分で終了した。

わたしは立ち上がった。

ジャスミン、スコット、ダリウスに対して、小声で「442で行くね」と告げた。いくつか用意していた作戦のひとつだった。ナオミの発言のなかにくりかえし登場した、ナチス・ドイツのユダヤ人絶滅《ぜつめつ》収容所を受けて、まずはこの作戦で行こうと決めた。

三人はそれぞれに「オーケイ」という仕草をした。

スコットがキーボードを操作し、わたしの背後のスクリーンに、ある戦場の場面が流れ始めた。

これは、日系人であるケンを誘《さそ》い出す作戦になるだろうか。

ケンがなぜ、日本への原爆投下をかたくななまでに肯定しているのか。その謎《なぞ》を解き明かす糸口になるのかもしれない。あるいは、ケンの考え方に一石《いっせき》を投じ、波紋《はもん》を広げることになるのか。

悪なのか、必要悪なのか

演壇《えんだん》に立って、マイクの位置をあわせたあと、わたしはまず息を吐《は》いた。少しだけ上げたかかとをゆっくりと下におろしながら。

いつだったか、父が教えてくれた「気持ちを落ちつかせる方法」。最初は、こんなの、ちっとも効かないと感じていたけれど、何度かくりかえしているうちに、効くようになった。

手もとには「442」というタイトルのぶあつい資料。どこに何が書かれているか、必要な情報をすぐに検索《けんさく》できるように、インデックスをつけて整理してある。

背後のスクリーンには、激しい戦闘《せんとう》場面が映し出されている。戦争映画さながらに。

でもこれは、映画ではない。

飛んでくる爆弾《ばくだん》。地上に落下した爆弾から舞《ま》い上がる白煙《はくえん》と炎《ほのお》と土煙《つちけむり》。爆風に突《つ》き上げられ、吹《ふ》っ飛んでいく兵士と銃《じゅう》。煙が消えたあとにできた大きな穴。穴のなかに横たわっている兵士の死体。手足と胴体《どうたい》がばらばらになっている。

わたしは静かな口調で話し始める。

「みなさん、これは、第二次世界大戦中、ヨーロッパでドイツ兵と戦った、日本人兵士たちの姿です。そうです、日本人たちです。正確に言えば、彼《かれ》らは日系アメリカ人です。あえて『日本人』とわたしが言った理由は、彼らの両親はみんな日本からアメリカに移住してきた日本人だったからです。日本人移民はアメリカで家族を持ち、アメリカに税金を納め、国の経済や福祉《ふくし》にも貢献《こうけん》していましたが、アメリカから国籍《こくせき》を与《あた》えられていなかった。彼らの子どもたちには、国籍が与えられました。ですから、この兵士たちは、日本人の両親から生まれた、アメリカ市民であったわけです」

日本人兵士たち、日系アメリカ人、アメリカ市民の三語は、いくぶん強めに発音した。

スコットがスクリーンの画像を切りかえた。

戦場の場面は一転し、物静かな風景が映し出される。

静かではあるけれど、どこか、ぶきみでもある。

地平線のかなたまでつづいているかのように見える広大な土地には、草も木も生えていない。遠くにごつごつした岩山がいくつか。荒《あ》れ果てて、見捨てられ、ひどく乾《かわ》いた沙漠《さばく》地帯。

荒涼《こうりょう》としたその土地に、灰色の細長いバラック長屋が等間隔《とうかんかく》で、整然と立ち並んでいる。どこまでも、どこまでも、倉庫か何かのように。とても人が住める建物だとは思えないし、そこで生活している人がいるようにも見えない。

バラック長屋をぐるりととりかこんでいるのは、有刺鉄線《ゆうしてっせん》でつくられた物々しい柵《さく》。入り口の近くには見張りのための櫓《やぐら》があり、そこには、武装した兵士が立っている。銃口《じゅうこう》を建物の方に向けて。

ということは、ここは刑務所《けいむしょ》？　監獄《かんごく》か？

会場の人たちは今きっと、そう思っているにちがいない。

その疑問に答えるために、わたしは言葉を積み重ねていく。

「これは、西海岸一帯に住んでいた日本人移民、および、彼《かれ》らの子どもたちである日系アメリカ人を対象にしてつくられた、強制収容所です。アメリカの陸軍が管理していました。真珠湾攻撃《しんじゅわんこうげき》のあと、日本軍は西海岸に上陸してくるだろう。そうなったとき、西海岸在住の日系人たちは、日本軍と協力して戦うだろう。そのように考えたアメリカ政府と軍は、日系人たちを収容所に閉じこめることにしたのです。もちろん大統領も同意しました。先にジャスミンが発表したとおり、この強制収容の背後には、根強い東洋人差別が巣食っていました。それまで日本人を差別してきた白人たちにとって、太平洋戦争ほど、その差別を正当化してくれるものはなかった、とも言えるでしょう」

カリフォルニア州だけではなく、ユタ州、アリゾナ州、コロラド州、ワイオミング州、アーカンソー州、アイダホ州などにも強制収容所は建設された。ミッドウェイ海戦でアメリカが日本を破って、戦局が逆転し、もはや日本軍がアメリカ本土に攻《せ》めこんでくることなどありえないという状況になってもなお、強制収容はつづけられた。

背後のスクリーンには、十か所の収容所の写真がつぎつぎに映し出される。どの収容所も、不毛な沙漠、水を抜《ぬ》かれた湖の跡地《あとち》、照りつける陽射《ひざ》しをさえぎるものなど何もない酷暑《こくしょ》の地、雪と氷におおいつくされた酷寒《こっかん》の地などに建設されている。

「収容された日系人の数は、約十二万人。人々は、それまで所有していた家、土地、財産、ビジネスなどをすべてとりあげられ、まさに丸裸《まるはだか》の状態で、ここに送りこまれ、閉じこめられました」

バスからおり、収容所へ向かって、とぼとぼ歩いていく人々の長い行列。その表情は一様に暗い。絶望に打ちひしがれている。泣いている人もいる。

わたしはふりかえってスクリーンを見るふりをして、ちらりとナオミのほうを見た。ナオミの頰《ほお》には、苦笑いにも似た笑《え》みが浮《う》かんでいる。彼女《かのじょ》は「こんなの、どうってことないわよ。ガス室が待っていたユダヤ人絶滅《ぜつめつ》収容所に比べたら、たいしたことないじゃない」とでも思っているのだろうか。

さあ、ここから、わたしの主張は核心《かくしん》に迫《せま》っていく。

資料をめくって「28個の質問」のページをあける。

スクリーンにも同じ質問が出る。

「強制収容から半年あまりが過ぎたある日のことでした。アメリカ陸軍は、全収容所の十七歳《さい》以上の日系人男子を対象にして、志願兵を募《つの》ることにしたのです。そのために用意された二十八個の質問は、ごらんのとおりです。最後のふたつにご注目ください」

27番と28番をわたしは読み上げた。

〈あなたはアメリカ合衆国の軍隊に入隊し、命令に従って、どこへでも行く意志がありますか？〉

〈あなたはアメリカ合衆国に忠誠を誓《ちか》い、日本の天皇、他の外国の政府や勢力や組織のための、いかなる形の忠誠も服従も拒否《きょひ》し、合衆国のために、内外の敵からの攻撃《こうげき》に対して、勇敢《ゆうかん》に戦う意志がありますか？〉

のちに「忠誠の誓《ちか》い」と呼ばれるようになるこのふたつの質問に対して「イエス・イエス」と答えた十七歳以上の日系アメリカ人男子は、しかるべき訓練を受けたあと、陸軍の兵士として、ヨーロッパ戦線に送りこまれることになる。太平洋戦争へは行かされなかった。日本人同士で戦わせたら、敵と味方の区別がつかなくなるから、という理由によって。

「収容所から志願して、兵士となった日系人男子は約千人。彼《かれ》らは『第４４２連隊戦《せん》闘《とう》団《だん》』に組み入れられ、ヨーロッパで戦いました」

ここでふたたび、会場の人々は戦闘場面を目にする。

爆弾《ばくだん》の雨あられ、機関銃攻撃《きかんじゅうこうげき》の嵐《あらし》、死体の山――。

「彼《かれ》らは死を恐《おそ》れず戦い、アメリカの戦争史上、もっとも勇敢《ゆうかん》で、もっとも多くの勲《くん》章《しょう》を授《さず》けられました。別名『日系人部隊第442連隊』。彼らの敵はナチス・ドイツ。日本人であり、日系アメリカ人であり、アメリカ市民であった彼らは命がけで、ナチス・ドイツと戦ったのです」

会場から拍手《はくしゅ》がわき起こった。小さな拍手は、あっというまに大きくなった。

おそらく、最初に手をたたいたのは、退役《たいえき》軍人の人たちだったにちがいない。

日系人部隊第442連隊は、前線で孤立《こりつ》していたテキサス大隊――テキサス州出身の兵士たちが多かった――を救い出したことでも知られている。テキサス大隊二百十一人を助け出すために、日系人二百十六人が命を落とした。

わたしは口調を少しだけ変えた。

一本調子だった前回の反省をふまえて、ここからはかなり強い調子で、しかし声のトーンは一段階、低くして。

「みなさんは今、この日系人部隊第442連隊が、日本への原爆《げんばく》投下とどう関係しているのか、疑問に思われているかもしれません。その疑問にお答えしながら、同時に、わたしの主張のまとめに入ります。ポイントは三つ。まずひとつめ。『イエス・イエス』と、アメリカに忠誠を誓《ちか》った人たち、つまり、ヨーロッパで戦死した人たちのなかには、広島出身の両親を持っている人がひじょうに多かったということ。想像してみてください。広島に、両親のきょうだい、親戚《しんせき》、友人知人がおおぜいいる。そういう人たちが『イエス・イエス』と言って、アメリカのために進んで戦ったということ。手足を失いながらも、テキサス人兵士たちを救ったということ。アメリカに忠誠を誓い、戦場で死んだ兵士たちの出身地に平気で原爆を落として、アメリカは、彼らのふるさとの町を焼き尽くし、人々を焼き殺した。このことの残酷《ざんこく》さを想像してみてください」

ケンの祖父母や両親の親戚のなかには、広島に住んでいる人や広島出身の人はいないのだろうか。わたしはケンが原爆投下を肯定《こうてい》していることを、つねに意識しつづけている。このわたしの主張に対して、最終回でケンはどんな反論を展開するのだろう。

「まとめのふたつめです。442連隊は日系人部隊だった。けれども彼らは全員、アメリカ市民でもあった。つまりアメリカは、アメリカ人を収容所に送りこみ、収容所から兵士を募《つの》った。『ノー・ノー』と言って志願兵にならなかったアメリカ人を、収容所に閉じこめたままにしておいた。こんな理不尽《りふじん》なことが、なぜ起こったのか。これこそ、ジャスミンの主張した『人種差別』にほかなりません。戦場で死ぬか、監獄《かんごく》みたいな収容所に閉じこめられたままになるか、絶望的な二者択一《にしゃたくいつ》の道を選ばされたのは、彼《かれ》らアメリカ人が、日系アメリカ人だったからです。この『人種差別』が、原爆《げんばく》投下の正当性を背後からささえていたのは、言うまでもないことです。そして、三つめ。じつのところこれは、先のふたつと少し矛盾《むじゅん》しているように思われるかもしれませんが……」

——あるものごとを人種単位でとらえたり、ある人を人種によって『こういう人だ』と決めつけたりするのは、ひじょうに危険だし、まちがっていると僕《ぼく》は思う。

父の言葉を思い出しながら、わたしはそれらをわたし自身の言葉に置きかえていく。

「人間を、人種に分けて考えることを、そろそろやめなくてはならないと、わたしは思うのです。日本人だから、日系人だから、ユダヤ人だから、中国系アメリカ人だから、人は何かを思ったり、なんらかの行動をしたりするものでしょうか。わたしは、そうではないと思うのです。人はまず個人であるのではないかと……」

最後はゆっくりと、親しい人にやさしく話しかけるように語った。

みんなの心に余韻《よいん》のさざ波が残るように。

「日系人部隊がテキサス大隊を救いに来たとき、テキサス州出身の兵士たちは塹壕《ざんごう》から飛び出していって、日系人たちの肩《かた》を抱《だ》きしめ、大声で泣いたそうです。わたしは何が言いたいのか。つまり、人種のちがいなど、個人と個人の前では、ほとんど意味を持たない、ということです。テキサス州出身の兵士たちは白人でした。白人だからと言って、だれもが日系人を差別していたわけではない。権力や白人国家至上主義と結びついたとき、差別は悪の力をはらむのだと思います。もうおわかりでしょう。日本に落とされた原爆は、悪そのものだった。悪以外の何ものでもなかった。戦争を終わらせる方法は複数あったのに、アメリカは悪を行使した。わたしたちは悪を憎《にく》み、悪に抵抗《ていこう》し、悪と戦わなくてはなりません。よって、わたしたち原爆否定派は、原爆を否定しつづけます」

頭を下げながら、腕《うで》時計《どけい》を見た。

制限時間ぴったりだった。

資料を小脇《こわき》にかかえて、演壇《えんだん》をあとにした。割れんばかりの拍手《はくしゅ》に包まれて。

ノーマンが立ち上がった。

会場に残っている拍手の余韻《よいん》をふり払《はら》うかのようにして、大きな咳払《せきばら》いをひとつ。静まった会場の一角から、「ノーマン応援団《おうえんだん》」による、可愛らしい口笛が飛んできた。口笛を耳にしてやっと、ノーマンはいつものすずしげな笑顔《えがお》にもどった。それまでは表情が硬《かた》かった。ジャスミンの主張に出てきた「アイルランド系白人による日系人排斥《はいせき》」がよほどショックだったのだろうか。

ノーマンはまず、わたしの発表に対する短い感想を述べた。

「メイの発言のなかで印象的だったのは、広島出身の両親を持つ日系アメリカ人たちがアメリカに忠誠を誓《ちか》って、ドイツ兵と戦って死んだのに、アメリカは広島に原爆《げんばく》を投下した、という事実。これは今回、はじめて知りましたが、心に深く残りました。残った理由は、メイとはかなりちがいますが。たしかにこれは残酷《ざんこく》で、悲しい歴史的事実だ。しかしメイの主張はあくまでも結果論というか、感情論というか、そういうものに過ぎない。アメリカが広島と長崎に原爆を投下した理由は、まったく別のところにあったわけだから。長い歴史のなかには、ときとして偶然《ぐうぜん》の一致《いっち》というものが起こる。ぼくらの人生にだって、そういうことが起こるように。だから、彼女《かのじょ》の主張全体には敬意を払うが、４４２連隊と原爆投下を結びつける主張にはまったく同意できません」

反論はそこで終わって、ノーマンは話題を大きく切りかえた。

「さて、ここに、ぼくたち原爆肯定派《こうていは》の入手した、日本で、日本の子どもたちの使っている、日本の子どもたちのために書かれた、教科書がある。ぼくらは、アメリカ人によってつくられた、アメリカ人のための教科書を使って勉強し、原爆について学んできたわけだが、では、日本ではいったい原爆がどのように教えられているのか、それを調べないのは不公平だとぼくらは気づいた」

一瞬《いっしゅん》、わたしたち四人は顔を見あわせた。

ジャスミンもスコットもダリウスも「え？」という表情をしている。

虚《きょ》を衝《つ》かれた。ノーマンは「人種差別」について反論を展開するにちがいないと思っていたからだ。

わたしたちは、日本の教科書については、何も調べていない。白紙状態だ。ただ、日本の教科書であれば、当然のことながら、原爆《げんばく》投下を強く否定しているにちがいない。なのにノーマンたちがなぜわざわざ、自分たちに不利な資料を持ち出してくるのか、まったくわからない。

「一冊ではなくて、何冊かの教科書をとりよせ、大学で日本語を専攻《せんこう》している学生たちの協力のもとに解読し、綿密な分析《ぶんせき》を加えた上で、ぼくらが選びぬいた記述の一部をここに紹介《しょうかい》したいと思います」

まず、何種類かの教科書の「広島と長崎への原爆投下と、その背景にあったもの」について書かれた文章を要約したレポートが読み上げられた。

背後のスクリーンには、左側に日本語の文章——理解できる人はごく少数だろう。いや、ほとんどいないに等しいか。母がいれば、彼女《かのじょ》には読めただろうけれど——が、右側にはその翻訳《ほんやく》と思われる英文が映し出されている。

ところどころ、赤ペンで下線が引かれている。ひじょうにわかりやすくまとめてある。敵ながらあっぱれだと言いたくなるほどに。

「つぎに、原爆に関する日本の教育方針を、もっともよく表していると思われる、代表的なページをくわしく見ていきます」

ノーマンたちの選んだ記述には、こんなタイトルがついていた。

〈グループ学習　軍事都市から平和都市へ――被爆《ひばく》前後の広島市のあゆみについて〉

　この教科書によれば、日本の子どもたちは、三つのグループに分かれてリサーチをし、その結果を教室で発表することになっている。

グループ１は、なぜ広島が被爆したのかを理解するために、戦争中、広島がどのような都市であったかについてリサーチする。

グループ２は、原爆投下までのいきさつと、被爆のようすをリサーチする。

グループ３は、被爆体験をのちの世代に伝えていくために、自分たちのできることや、やるべきことは何か、について、リサーチする。

　そのあとには、各グループのおこなったリサーチ例がくわしく示されている。この例をモデルにして、教室の内外で、実際に子どもたちがリサーチをした、ということだろう。

　グループ１のリサーチは、戦前の広島の歴史と発展について、当時の地図や写真や書物をもとにしておこなわれた。

グループ2のリサーチは、被爆体験者へのインタビューによっておこなわれた。

グループ3のリサーチは、広島平和記念資料館への見学によっておこなわれた。

……

ノーマンのわかりやすい解説を聞いているうちに、わたしの頭はしだいに、これまた振《ふ》り子のように混乱してきた。煙《けむ》に巻かれる、狐《きつね》につままれる、という言葉はこういうときのためにあるのだろうか。ジャスミンもスコットもダリウスも、わたしと同じように呆然《ぼうぜん》としている。

「……みなさんは今、とてもおどろかれていることでしょう。ぼくも、この教科書で示されているリサーチ例とその結果を読んだときには、軽いショックを受けました。なぜなら、ごらんのとおり、グループ1の子どもたちは『原爆《げんばく》が広島に落とされたのは、広島が軍事都市として発展してきたからだ』という結論を導いているからです。もちろん、このように導いていかせるように教科書が指導しているからです。グループ2は原爆の悲惨《ひさん》さを示し、グループ3は世界平和の実現に向かって努力をしていかなくてはならないと訴《うった》えています。しかし、原爆投下の理由はあくまでも、日本の犯《おか》してきた非にある、というわけです」

四人とも、あいた口がふさがらない。

思っていることはひとつだ。

これって、これって、ほんとうに日本の教科書なの？

信じられない。まるでアメリカの教科書みたいじゃない？

しかも、アメリカの権力者たちがアメリカの子どもたちを洗脳するために制作した、プロパガンダみたいだ。

「みなさん、いいですか。これは、アメリカの教科書じゃない。日本の子どもたちの使っている、日本の教師たちがこれをもとに歴史の授業をおこなっている、そういう教科書なんだ。いわば、日本における歴史教育のバイブルだ。そのバイブルがいうには、広島は軍事都市として目ざましい発展を遂《と》げていた、武器工場でおそろしい武器を生産しつづけていた、戦争中、大きなあ、や、ま、ち、を、犯していた、したがって、広島は原爆投下を受けた、受けて当然であった、原爆投下は正当な行為《こうい》であった、と、日本では日本人教師が生徒たちに教えている。つまり、日本人は原爆を肯定している。この事実と現状から、ぼくたちは目をそらしてはいけないと思うんだ。日本人自身があやまちを認めているのに、なぜ、アメリカ人がそれを反省したり、否定したりしなければならないのか」

とちゅうから、わたしの耳にはノーマンの言葉が、言葉として、入ってこなくなっていた。声は聞こえているのだけれど。

それほどまでにショックを受けていた。

日本人は、原爆《げんばく》投下を肯定しているのか。

ただただショックだった。

今までわたしたち否定派がいっしょうけんめい調べてきたことが全部、むだだったような気さえしていた。

うなだれているわたしたちに、ノーマンは容赦《ようしゃ》なく、最後のとどめを刺《さ》してきた。

獲物《えもの》を追いつめて地面に倒《たお》したライオンが、最後に喉《のど》と鼻にかみついて、息の根を止めるかのような一撃《いちげき》だった。

「みなさん、しっかりと目をあけて、ごらんください。これは、広島県広島市にある広島平和記念公園のなかに設置されている慰霊碑《いれいひ》です。被爆者《ひばくしゃ》と、原爆によって亡《な》くなった人たちを悼《いた》むための言葉です。誤解をしていただきたくないので、念のために言いそえておきますが、この慰霊碑をつくったのは、アメリカ人ではなくて、日本人です。広島市と広島市民です」

スクリーンには、石碑の写真が大きく映し出されている。

一見、なんの変哲《へんてつ》もない、四角い石のかたまりのように見える。

そこには横書きで、日本語の文が記されている。文は三つに分かれている。

〈安らかに眠《ねむ》って下さい
過《あやま》ちは
繰返《くりかえ》しませぬから〉

その下に、ノーマンの書き入れた訳文が二行。

Rest in peace
For WE JAPANESE shall not repeat the error

ノーマンの言葉がつづく。

「この碑文《ひぶん》は、当時、広島大学の教授であった人が作成しました。彼《かれ》も被爆者《ひばくしゃ》でした」

「we Japanese」の部分は、肯定派《こうていは》がそこを強調したいためなのだろう、大文字で記されている。

「いいですか、ぼくも、ぼくたちも決して、原爆《げんばく》投下を無条件で肯定しているわけではないのです。戦争中ではありましたが、あのように非人道的な破壊《はかい》兵器が使用されたことについては、胸を痛めています。広島、そして、長崎で亡《な》くなった人たち、いえ、戦争によって傷つき、亡くなった人たち全員の魂《たましい》よ、安らかに眠《ねむ》れと願っています。ただ、アメリカ人としてぼくらが忘れてはならないことは、日本人がみずから、自分たちの犯《おか》したあやまちを反省しているということ。日本人の懺悔《ざんげ》、日本人の反省に敬意を表するためにも、ぼくたちは原爆投下を肯定していきます。それをしなかったら、日本人の懺悔に報《むく》いることはできません。さきほどメイは、原爆は悪であると言いました。この定義に対して、ぼくは『イエス・バット・ノー』と返したい。原爆は悪ではなくて、必要悪だったのです。これについては、最終回でさらに補足するつもりです。以上で、ぼくの発表を終わります」

そのあとにノーマンは、来週おこなわれる最終回は、これまでとは形式を変えて、八人全員が自由に発言する形式を採用する、と告げた。それは全員で話しあって、あらかじめ決めていたことだった。

「第三回までの有意義な討論を経て、八人にはそれぞれに、言い残したことや強調したいことがあるはずです。したがって、最終回は、討論というよりは、スピーチに近い形になると思います。もちろん、だれかの意見に反論したければ、それもまた個々の自由です。みなさんには、最終回の八人のスピーチを聞いた上で、最終的な勝ち負けを決定していただきます。それではみなさん、最終回を楽しみになさってください。来週またお目にかかります」

会場の人たちはほとんど全員が立ち上がって、ノーマンに拍手《はくしゅ》を送っていた。

最終回の討論会を待たずとも、勝負はついてしまったな、と、わたしは思っていた。

原爆肯定派の勝ちだ。

日本人自身が認め、受け入れている原爆投下を、わたしたちが否定する意義も必要もないではないか。

鳴りやまない拍手をなぜか遠くに聞きながら、わたしは大きな無力感につつまれていた。

公開討論会　第四回

――最終ラウンド

平和を創造するために

「……前回のノーマンの主張によって示されたとおり、『もう二度と侵略《しんりゃく》戦争はくりかえしません』と、みずからのあやまちを認めた、世界で唯一《ゆいいつ》の被爆国《ひばくこく》である日本は、敗戦後、戦争を永久に放棄《ほうき》すると宣誓《せんせい》した平和憲法のもと、平和国家として生まれ変わった、と、多くの人々は信じていることと思います。もちろん私もそう思っていましたし、学校でもそのように教わりました。おそらく日本国民もそのように思っていることでしょう。これで過去のあやまちはすべて帳消しになったのだと。日本は平和国家になったのだからと。けれども残念なことに、その理解はまちがっていた、と、私はこの討論会のために重ねたリサーチによって思い知りました」

最終回のトップバッター、エミリー・ワンのスピーチが始まった。

先々週おこなわれた第二回の討論会で、意図的だったのか、そうでなかったのかは不明だけれど、制限時間をオーバーし、「南京虐殺《なんきんぎゃくさつ》を忘れるな！」と叫《さけ》びながら、怒《いか》りと涙《なみだ》の主張を展開したときとはまったく別人のような、おだやかな話しぶりだ。彼女《かのじょ》は生来《せいらい》、とてもやさしい人なのかもしれない。

それともあれは、すでに勝利を手にしている、という確信と余裕《よゆう》の落ちつきなのだろうか。

第三回までの投票をあらためて集計した結果、原爆肯定派《げんばくこうていは》は、わたしたち否定派に、五十六票もの差をつけて、勝っていることがわかった。

第一回と第二回は、ほとんど同点に近かったのに、第三回で大きく離《はな》されてしまった。それほどまでに、ノーマンの発表には影響力《えいきょうりょく》があったということなのか。

会場に集まっている人たちは、二百人あまり。

ということは、きょうの討論会で百五十人以上がわたしたちに軍配《ぐんばい》を上げないかぎり、否定派の勝利はありえない。

「勝ち負けよりも、いかに戦ったかを重視しよう。重要なのは、結果じゃない。そこに至るまでの過程だよ」と、最終回が始まる直前のミーティングで、ダリウスは言った。「そのとおりよ、負けて勝ちをとるというやり方だってあるのよ。負けてもいいじゃないの。どうせ負けるなら派手に、華々《はなばな》しく負けてやりましょう。打ち上げ花火みたいにね」と、ジャスミンは言った。スコットは「あいにく、ぼくはまだ、あきらめてはいない。九回裏、満塁《まんるい》逆転サヨナラホームランをねらうぜ」と強気だった。

最終ラウンドは、これまでの討論をふまえながらも、八人全員がそれぞれ自由に意見を主張することになっている。

テーマも内容も、各自の自由。ただし、制限時間はひとり八分以内。八分が経過した段階で、たとえ発表のとちゅうであっても、そこで打ち切り、というルールをつくった。背後のスクリーンは使用しない、という決まりもある。

順番は、事前のくじ引きによって決めてある。

わたしの引いた数字は「7」だった。最後から二番めだ。

「……朝鮮《ちょうせん》戦争、ヴェトナム戦争によって、日本経済は目ざましい成長と発展を遂げました。あのふたつの戦争のおかげで、日本は経済大国になったと言ってもいいでしょう。もう、おわかりですね？　昔も今も、日本は決して平和国家などではないのです。アメリカには基地を提供し、朝鮮戦争中もヴェトナム戦争中も、日本企業《きぎょう》は武器や爆弾《ばくだん》の一部を生産しつづけていました。ヴェトナムの空から地上に降《ふ》りそそいで、村やジャングルを焼きつくしたナパーム弾の原料は、日本で生産されていた。戦死者をひとりも出すことなく、日本はアジアにおける戦争に加担していた。湾岸《わんがん》戦争もしかり。日本は人的貢献《じんてきこうけん》のかわりに莫大《ばくだい》な費用をつぎこんで、あの戦争に加わりました。しかし私は日本は日本に対して、これらの戦争の責任をとれ、などと、言いたいわけではありません」

エミリーは淡々《たんたん》と、ていねいに、糸をつむぐように語った。口調には、怒《いか》りはいっさいこもっていない。

「言いたいことはただひとつ。平和国家の仮面をかぶって、原爆《げんばく》の被害者《ひがいしゃ》づらをすることをやめ、正しい歴史理解のもとに、心から、中国や朝鮮半島や東南アジアの罪もない人々に、謝罪しなくてはなりません。そういう教育を、子どもたちに施《ほどこ》していかなくてはなりません。そうでないと、あのような悲惨《ひさん》な原爆によって亡《な》くなった、広島と長崎の罪もない人々がかわいそうではありませんか。私は今、心の底から、広島と長崎の被爆者の方々のご冥福《めいふく》をお祈《いの》りするしだいです。……以上で、私の発表を終わります」

エミリーの最後のまとめと黙禱《もくとう》に、わたしは自分の耳と目を疑った。

原爆《げんばく》投下は当然のことだった、広島と長崎の人たちは罪もない人々ではなかった、と、あれほど激しく日本を責めていたエミリーが「ご冥福をお祈りする」なんて。

そのあとに、両手をあわせて黙禱までするなんて。

意外だったし、おどろきもしたけれど、あと味は決して悪くはなかった。

これもまた「勝ちをねらったパフォーマンスにちがいない」と、受けとる人もいるのかもしれない。でも、わたしはそうは思わなかった。発言にも黙禱にも、彼女《かのじょ》の真心がこもっているように感じられた。

会場からは、静かな拍手《はくしゅ》が起こった。

「静かな共感の拍手」と、名づけたくなるような拍手だった。

エミリーが演壇《えんだん》を離《はな》れるのと同時に、ケンが立ち上がった。

ケン・カワモト。ジャパニーズ・アメリカン。

なのに、日本に対する原爆投下を肯定《こうてい》している、わたしにとっては謎《なぞ》の人物。

きょうのケンは、いつものヤンキースファッションではなくて、ブルージーンズに黒いTシャツ。髑髏《どくろ》の首飾《くびかざ》り。ずいぶん大人っぽく見える。

「前回の討論会で、ジャスミンと、それからメイの発表してくれた、日系人を対象にした強制収容の話。収容所からヨーロッパ戦線に出征《しゅっせい》して戦った日系人兵士たちの話。ぼくにとってはどれもはじめて聞く話ばかりで、ひじょうに興味深かった。まずは、否定派のメンバーに深い感謝と敬意を表したい」

開口一番、ケンはそう言って、わたしたちをおどろかせた。

そうか、ケンは何も知らなかったのか。

第二次世界大戦中、アメリカに忠誠を誓《ちか》って、ナチス・ドイツと戦い、テキサス州出身の兵士たちを救うために命を落とした日系人兵士たちがいたことを。しかも彼《かれ》らは、アメリカの国籍《こくせき》を有するアメリカ市民でありながら、住んでいた土地と家、祖先や親の築いてきた財産、仕事までとりあげられ、強制収容所に送りこまれていた人たちであったということを。

「ぼくは知らなかった。いつかどこかで耳にしていたのかもしれないが、きちんと脳内にインプットされていなかった。じつはあの日、家にもどってから、両親にたずねてみたんだ。過去にこんなことがあったようなんだが、知ってるかって。ふたりから返ってきた答えは、似たり寄ったりだった。『そういえば、そういうこともあったらしいね』って。うちの両親とその祖先たちは、ずっと東海岸一帯で生活してきた人たちだったから、西海岸で起こったできごとについて、くわしくは知らなかったんだろう。ただ、ぼくが仮にこの事実を知っていたとしても、原爆《げんばく》投下に対するぼくの意見は変わらなかったと思う。つまり、ぼくが否定派の席に座《すわ》ることはなかった」

ケンはそのあとに、わたしたちのもっとも知りたかったことを話し始めた。

「会場にいるみなさんも、否定派の四人も、もしかしたらメイはいちばん、疑問に思っているのかもしれないな。なぜ、ジャパニーズ・アメリカンのぼくが、原爆を肯定《こうてい》しているのかについて」

ケンがふり向いて、わたしのほうにすーっと視線をのばしてきたので、わたしは思わず小さくうなずいた。

「理由はとても簡単だ。それはぼくが、アメリカンだからだ。何系のアメリカンであるかはこの際、問題じゃない。ぼくはジャパニーズ・アメリカンである前に、ひとりのアメリカ人だからだ。適切なたとえかどうかはわからないが、たとえばオリンピックで、アメリカと日本が試合をしたら、ぼくはアメリカを応援《おうえん》する。ぼくは日本の国歌を歌ったことは一度もないし、天皇制のこともよく知らない。日本語だって、アリガトとサヨナラくらいしか知らない。両親も同じだ。ふたりとも、日本語はしゃべれないし、会話も読み書きもできない。生粋《きっすい》のアメリカ人なんだ。鏡に映った顔は日本人なのかもしれないが、内面はアメリカ人だ。メイのお母さんとは、ここが大きくちがう。アメリカで生まれ育って、英語を母国語とするぼくは、だから日本の侵略《しんりゃく》戦争に対して、日本の真珠湾攻撃《しんじゅわんこうげき》に対して、調べれば調べるほど怒《いか》りを感じた。要は日本はぼくにとって、アメリカに戦争をしかけてきた外国なんだ……」

ケンのスピーチには、説得力があった。

それはおそらく、ケンが自分について、自分のアイデンティティについて、率直《そっちょく》に語っていたからだと思う。ケンは、自分が生まれてからきょうまでのできごとを語りながら、自分と日本の関係――それはとてもうすく、遠いものだった――をあきらかにしていった。

「思うに、世の中には、たとえばぼくみたいに、とくに自分のルーツに関心のない人間もおおぜいいるのではないかと思うんだ。自分の祖先の過去なんて、どうでもいい。

現在と未来だけが大事なんだって思ってる人がね。もちろんぼくだって、これから大人になっていくにつれて、何らかのきっかけで興味を持つようになるのかもしれない。現にぼくは、ジャスミンとメイの発表を聞いてから、ほんの少しだけ、興味を抱《いだ》いたんだ。今はまだ、ほんの少しに過ぎないが」

わたしはケンの話を聞きながら、漠然《ばくぜん》と、こんなことを思っていた。一般論《いっぱんろん》ではなかなか人を説得することはできない。けれども、個人的な語りは、個人的な思いは、個人の胸に届くのではないか。

「……まあ、そういうわけで、だれがなんと言っても、ぼくはアメリカによる原爆《げんばく》投下を肯定《こうてい》する。ノーマンが言ったように、日本国民がみずから認めているあやまちを、ぼくも認めたい。もしも原爆投下がおこなわれず、戦争が長引いたとしたら、いずれは第442連隊が日本へ上陸しなくてはならなくなったはずだ。日系人兵士と日本人兵士が日本国内で戦う。そうなったら、悲劇どころじゃない。狂気《きょうき》になってしまう。そういうことにならないためにも、原爆投下は必要だったし、同時に必要悪でもあった」

一拍《いっぱく》だけ遅《おく》れて、拍手《はくしゅ》が起こった。

三番バッターは、スコット。

われわれ原爆否定派のトップバッターだ。

奇遇《きぐう》なことに、ケンのあとにスコット、という組みあわせは、第二回と同じだった。

スコットはこう切り出した。

「みなさん、覚えておいでですか？　猫《ねこ》さんに、おそろしい原爆をふたつも落とされた、あわれなねずみくんです。おかげさまでまだこうして、生きながらえておりますが」

静かだった会場の空気が割れて、ドーッと笑いのうずが巻き起こる。

スコットは、人々の心をつかむのがうまい。アメリカ人の心、と言ったほうが正しいか。アメリカ人はジョークが大好きで、笑いが大好き。何かシリアスな問題が起こったとき、トラブルに直面したとき、まず笑いで心をやわらげる。これはアメリカ人の処世術のようなものかもしれない。

笑いをとったあとのスコットのスピーチは、いたってシンプルで、引きしまっていた。

エミリーとケンの発表に対して短い感想を述べ、それぞれに敬意を表したあと、「人種差別と戦争については、のちほど、ダリウスとジャスミンのスピーチをじっくり聞いていただきたい」と予告し、本題に入った。

「……こう見えても、ねずみくんは理性派なんです。感情はいっさい交えないで、最後に歴史の授業のまとめをおこなっておきたいと思います。トルーマン政権下において、大統領とその側近たちは、原爆《げんばく》投下の是非《ぜひ》について、まったく検討しなかった。いいですか、彼《かれ》らはまったく検討しなかったのです。つまり、投下は最初から決まっていたのです。その理由と目的は」

原爆投下の目的と理由を、スコットは三つにしぼって提示した。わたしたち四人で話しあいを重ねてまとめあげた、三つの項目《こうもく》だった。

その1＝将来の仮想敵国になりそうな気配が濃厚《のうこう》であった共産主義国家、ソ連に対して、優位な立場に立つために、原爆投下をして、アメリカの威力《いりょく》を見せつけておく。

その2＝膨大《ぼうだい》な費用をかけておこなってきた、原爆開発「マンハッタン計画」の正当性と必要性とその結果をアメリカ国民に示す。

その3＝アジア人、日本人に対する人種差別と偏見《へんけん》。白人至上主義。

「……もちろんこれら以外にも原爆投下の理由と目的はあったわけだが、わかりやすく三つにまとめるとこうなります。1と2は政治的な理由であり、目的であると言えます。しかし3だけは、政治的理由ではない。これは日系人に対する強制収容と同じで、モラルの問題、人道的な問題であったわけです。ぼくたちは1と2を理解し、受け入れた上で、3について、あらためてみなさんに考えてほしいと願っている。ノーマンが述べたように、原爆は必要悪であり、日本人みずからがそれを落とされるに至ったあやまちを認めているとしてもなお、原爆の『悪』と『不必要性』に、ぼくらはこだわりつづけたい。ここから先のことは、ダリウス、ジャスミン、メイにゆずりたい。以上、ねずみの主張に耳をかたむけてくださったみなさんに感謝します。四匹の猫《ねこ》さんにも、ねずみからの愛を送ります！　もうぼくのこと、追いかけないでね」

最後も、会場を笑いでまとめた。

きっと今、人々の心はなごんでいるはずだ。同時に、原爆《げんばく》投下の目的と理由、その悪と不必要性についても、しっかりインプットされているはずだ。圧勝することはないにしても、負けっぱなしにはならないのではないか。

ふと、そんな予感がした。

四番バッターは、ダリウスだ。

五番バッターはジャスミンだ。

スコットからダリウスへ。ダリウスからジャスミンへ。願ってもない順番になっている。とてもいい流れがついている。

三人のスピーチには深い関連性がある。それぞれがそれぞれを補強しあって、より強固な主張をつくりあげることができる。三本の川の流れが海に流れこんで、ひとつになるように。「3、4、5」と、強打者をつづけて送り出せるということは、どうやら運にはまだ見放されていないようだ。

ダリウスのスピーチが始まった。将来は医師になって、アフリカの無医村で仕事をしたいと、抱負《ほうふ》を語っていたダリウス。

「……前回のジャスミンの発表でもあきらかにされていたとおり、アメリカは、ネイティブ・アメリカンの暮らす土地で開発した原爆を日本に落としたあとも、マーシャル諸島共和国に属するビキニ環礁《かんしょう》で、二十三回にもわたって、核実験《かくじっけん》をおこなってきた。周辺海域は放射線に汚染《おせん》され、地元住民たちは被爆《ひばく》した。その後も、こりないアメリカは、新たな実験場としてアラスカを選んだ。選ばれたのは、アラスカがアメリカの一州になる前からそこに住んでいた先住民、イヌイットの人々の土地だった。一九六〇年のことだ。村まで説明にやってきたアメリカ原子力委員会の発言は、テープレコーダーに録音された。なぜなら、先住民たちは文字というものを持っていなかったからだ」

テープに残されていた委員会側の説明は、嘘《うそ》だらけだった。

たとえば——

放出された原子灰の大半は、数時間のちに無害になる。

マーシャル諸島でおこなわれた核実験《かくじっけん》のあと、住民たちの食べる魚には、なんら影《えい》響《きょう》は出なかった。

原爆で生き残った日本人被爆者たちは、すでにすっかり回復している。

「よく、のうのうと、こんな大嘘をつけたものだと思う。この記録を読んだとき、ぼくはアメリカ人として、情けなくてたまらず、恥《は》ずかしくてならなかった。穴があったら入りたい心境におちいった。幸いなことに、アラスカでの開発計画は中止になった。アメリカ各地で起こった草の根的な反対運動が、じわじわとアメリカ全土に広がっていったからだ」

そのあとにダリウスは、アラスカで暮らしていた先住民のみならず、野生生物のトナカイやカリブーなどの生態系が守られたことを喜び、

「小さな反対運動が積み重なっていけば、大きな連帯を生み出して、国家や世論を動かすことができる。かつて、黒人が公民権運動によって、人権を獲得《かくとく》できたようにね。最初に叫《さけ》び声をあげるときには、ひとりでもいいんだ。個人の主張から、すべては始まる」

と、力強く述べて、スピーチを終えた。

なぜか、ノーマン応援団《おうえんだん》のひとりが立ち上がって、ダリウスに声援を送った。

あとでその理由がわかった。彼女《かのじょ》は熱心な動物保護運動家だった。

つづくジャスミンも、平和を創造できるパワーとしての「個人の力」を強調した。

「……すべての運動というものは、ひとりひとりの行動から始まります。良い運動も悪い運動も、です。なぜなら、国家や国境というのは、ただの枠組《わくぐ》みや線引きに過ぎず、集団をつくっているのはあくまでも、ひとりひとりの人間だからです。世界平和を創造するためには、ひとりひとりが自分の手で、自分自身の内面に、確固たる平和を築くこと。まずはここから始めなくてはなりません。平和を築くためにはまず、人種差別から解放されること。いいですか？　ここが重要なんです。人種差別をやめよう、ではなくて、差別することから解放されなさい、と、私は言いたいのです。人種差別は、差別される側ではなくてむしろ、差別する側をおとしめ、苦しめているものなのです。つまり、人種差別主義者は、自分で自分をおとしめている。自分で自分を、つまらない、くだらない、最低の人間に仕立て上げている。だって、そうでしょう？　差別とは憎悪《ぞうお》です。偏見《へんけん》とは無知です。無知で、恥《はじ》知らずで、だれかを憎悪している人の内面が、平和で美しいはずがないでしょう。平和とは、美しいものなのです。戦争は美しくありません。美しいものをことごとく破壊《はかい》するもの、それが戦争です。戦争は人だけではなくて、海、森林、植物、動物、ありとあらゆる生物を破壊します。

ありとあらゆるいいものを壊《こわ》します。善《よ》き心を、美しいおこないを、緑の地球を破壊するもの、それが戦争です。戦争には、勝ち負けはありません。どちらも負けです。大敗です。核兵器《かくへいき》とはそのような戦争の道具です。私たちは断じてこれを肯定《こうてい》できません」

まだ発言は終わっていなかったが、泉のような拍手《はくしゅ》がわき起こった。

拍手が鳴りやむのを待って、ジャスミンは「最後にもうひとつだけ」と言った。

残り時間は三分を切っていた。

「平和を創造することのできる個人の力を示してくれた、ふたつのエピソードを紹介《しょうかい》します。広島で被爆《ひばく》した二十五人の若い日本人女性たちをアメリカに呼びよせ、彼女《かのじょ》たちの負った傷を治療《ちりょう》しようと考えたユダヤ系アメリカ人たちがいました。ニューヨーク市にあった病院で、医師は無償《むしょう》で彼女たちに形成外科手術を施《ほどこ》しました。私は彼《かれ》らの業績に敬意を表します。かつてナチス・ドイツの同盟国であった日本の人々を、憎《にく》むのではなくて、愛することで、平和を創造しようとしたのです」

わたしはナオミのほうを見た。

彼女はうつむいたままだった。くちびるを嚙《か》んでいるようにも見えた。

「もうひとりは、日本人です。杉原千畝《すぎはらちうね》という名の外交官です。彼は第二次世界大戦中、リトアニアの領事館に勤務しているとき、ナチス・ドイツの迫害《はくがい》を受けてポーランドから逃《のが》れてきたユダヤ人難民たちを救うため、外務省の命令に反して、日本への渡航《とこう》ビザを発行しつづけました。手書きで、ペンが折れるまで、腕《うで》の痛みをこらえながら。彼もまた、個人の力で、力のかぎりに、平和を創造しようとしたのです。そしてその創造は成功し、六千人以上のユダヤ人たちの命が救われました。忘れないでください。一日本人外交官が命がけで発行した『命のビザ』によって、救われたユダヤ人たちがいたという歴史的事実を」

ナオミがぱっと顔を上げて、ジャスミンのほうを見た。どんな表情をしているのかまではわからなかったが、ナオミは笑顔《えがお》ではなかった。

ほかの三人とちがって、拍手もしなかった。

それが何を意味しているのか、もちろんわたしには知りようがなかった。

ノーマンが立ち上がった。

オフホワイトのジャケットに、黄色いポケットチーフ。ブルーのストライプのシャツ。いつになくおしゃれをしている。堂々としている。大柄《おおがら》な体がさらにひとまわりほど、大きく見える。

よほど自信があるのだろう。どんなにわたしたちががんばっても、あるいは、あがいても、否定派に勝ち目はない。奇跡《きせき》が起こって同点まで持っていけたとしても、まさか否定派の勝ちはないだろうと思っているのだろう。じつはわたしもそう思っているのだけれど。

「……戦争は悪である、というジャスミンの主張に、ここで異を唱えるつもりは毛頭《もうとう》ありません。そのとおりだと思います。だったら、軍人は、悪の兵士なのでしょうか？　ちがいますよね？　軍隊は、平和を守るために、存在している。美しい平和の兵士たちです。平和を守るために命を捧《ささ》げている勇敢《ゆうかん》な人たちです。同様に、核兵器《かくへいき》は、平和維持《いじ》のためにこそ存在している。広島と長崎に落とされた原爆《げんばく》の悲惨《ひさん》さ、むごたらしさを、だれよりも冷静に、正確に把握《はあく》しているのは、アメリカ人であり、アメリカだと、ぼくは思うのです。だからアメリカはこれ以上、核兵器は使用しない。ただ、保持しているだけです。これもまた、平和を創造するための行動の一環《いっかん》である、とは言えないでしょうか。アメリカが核兵器を所有していなかったら、世界平和はくずれる。現にイラクでは、くずれようとしている。今後、平和をおびやかそうとする国家や独裁主義者が現れたとき、それをだれが、何が、止められるのか。仮にですよ、あくまでも仮に、ですけれど、もしも日本にふたたび原爆を落とそうとする国家が現れたら、それをストップできるのは、アメリカでしかないわけでしょう。核兵器は平和の実現に、ひと役もふた役も買っている。否定派はそのことをもう少しだけ、認識するべきだと思うのです。広島と長崎の人たちは、戦争ではなくて、世界平和のためにこそ、犠牲《ぎせい》になった。これは尊い犠牲だ。ぼくはこの討論会を経験して、なおいっそう強く、そう思うようになりました」

意外なことに、ノーマンの発表はきわめて短かった。

時間にして、五分ほど。

それが彼《かれ》の戦略《せんりやく》だったのだろうか。

短く潔《いさぎよ》く切り上げて、あざやかな印象を残そうとしたのか。

「平和は美しい。美しい平和の創造。平和を創造できる個人の力。すばらしい言葉だと思う。名言を聞かされたというべきかな。まさに最終回にふさわしい言葉が出たと、ぼくは思っています。しかし、美しい言葉だけでは、平和は創造できない。美しい平和を創造するためにこそ、原爆《げんばく》は存在している。核兵器《かくへいき》は悪に対抗《たいこう》するための平和の武器なのです」

そこで急に終わってしまったので、ちょっとあわてて、わたしは立ち上がった。呼吸をととのえながら、演壇《えんだん》へ向かった。

「核兵器は平和の維持《いじ》に役立っている」というノーマンの見解に対して、わたしは反論するつもりはなかった。

わたしの言いたいことは、ほかにある。

言いたいことは、これしかない。

これを言うために、きょうはここに来ている。

「みなさん、先週、ノーマンがここで述べてくれた原爆死没者《しぼっしゃ》のための慰霊碑《いれいひ》について、そこに刻まれている日本語の文章と英語の翻訳文《ほんやくぶん》について、今一度、思い出していただけますでしょうか？」

背後のスクリーンに文言《もんごん》を映し出すことができれば、話はよりスムーズに進められるのだろうが、それはできないから、わたしはゆっくりと、間《ま》を置いて、ノーマンの提示した日英の文章――もちろんわたしは暗記している――を二度ずつ、くりかえした。

この言葉を最初に聞いたとき、わたしの受けたショックを思い出しながら。そして母から、この言葉のはらんでいる、深くて広い意味を教わったときの、別の意味でのショックを思い出しながら。

〈安らかに眠《ねむ》って下さい
過《あやま》ちは
繰返《くりかえ》しませぬから〉

Rest in peace
For WE JAPANESE shall not repeat the error

母はきょう、会場へは来ていない。来たくても来られなかったのだ。彼女《かのじょ》は三、四日ほど前から夏風邪《なつかぜ》を引いて高熱を出し、寝《ね》こんでいる。

父のすがたは遠くに小さく見える。「きょうの発表、ぜひ聞いて」と、わたしからお願いしておいた。

母のかわりにしっかりと、聞いてもらいたい。

レッスンの成果を、見届けてもらいたい。

自分がこんな気持ちになるなんて、想像もしていなかった。

額に氷枕《こおりまくら》を押《お》しつけて横になっている「先生」のベッドサイドで受けた「日本語のレッスン」は、こんなふうだった。

——あのね、教えてほしいことがあるの。辞書で調べてみたんだけど、意味がつかめなくて。

わたしはそう言って、母に、慰霊碑《いれいひ》に刻まれた文章のメモを見せた。日本語と英語の両方を。

母は最初、目をぱちくりさせていた。

つかのま、わたしの手書きのメモを見つめたあと、口を開いた。

——あやまちはくりかえしませんから、と言っているのはね、それは「日本人が犯《おか》したあやまち」というような、せまい意味で言っているのではないの。この英訳は、まちがっているわね。あきらかな誤訳よ。

――だったら、どう訳せば？　アメリカ人が犯したまちがいってこと？

もしもそうなら、ノーマンの主張を一気にひっくりかえせる。

　母は首を横にふった。

――それもちがう。もしもアメリカ人を主語にするなら、日本語の述語は「くりかえさせません」と書かなくちゃならないの。

――アメリカ人でも日本人でもないのなら、いったいこのあやまちは、だれのあやまちなの？

――われわれ人類は、あやまちをくりかえしませんって、そう言っているの。

――えっ！　主語は人類なの？　そう書かれているの？

――そうじゃないの。主語は書かれていないの。どこにも。

――まさか！

――日本語というのはね、英語とちがって、主語がなくても文章が書けるの。

――そんな！　だったら、主語はだれなのかって、どうやってわかるの？　わからないでしょ？

――わかるのよ、それが。わかってしまうの、私には。日本語というのは、そういうふうにできているの。

母はわたしに、書棚《しょだな》から何冊かの本をとりださせて、主語なしで書かれている文章とその解釈《かいしゃく》方法について、初心者向けの講義をしてくれた。

熱があるというのに、母は熱心に教えてくれた。

なんだかうれしそうだった。いや、実際にとてもうれしかったんだと思う。子どものころ、わたしに日本語を習得させたくてたまらなかったのに、わたしがひどくいやがって反抗《はんこう》したために、結局わたしは日本語をまったく理解できないまま中学生になった。

彼女《かのじょ》のレッスンを受けているうちに、少しずつ理解がやってきた。

そういえば、第一回の討論会で発表するために、峠三吉《とうげさんきち》の詩を翻訳《ほんやく》しようとして格《かく》闘《とう》していたときにも、母のアドバイスに従って、日本語には出てこない主語をいくつか補足《ほそく》したのだった。

母の即席《そくせき》講義によると、わたしたちは常日頃《つねひごろ》から「I think……」「I believe……」「I guess……」「I feel……」というふうに、思考や感情の表現を「I＝私」から始めるくせというか、習慣というか、回路みたいなものが身についてしまっている。

つまり、英語の世界は、「私＝自分」という一人称と、「あなた＝他人」という二人称でできあがっている。

「日本語の世界は、そういうふうにはできあがっていないの。日本語の『私』は、まるで風か水か空気みたいに、自己主張をすることなく、『あなた』に溶《と》けこむような形で、『世界』と一体化するような形で、存在しているの」

わかったような、わからないような、摩訶《まか》ふしぎな説明だった。

「たとえば、部屋に十五人のアメリカ人がいたとするでしょ。すると、十五人はみんなそれぞれに『私はこう思う』『僕《ぼく》はこう思う』『俺《おれ》はこう思う』って、てんでんばらばらに自己主張を始めるでしょ。でも、日本人はしない。十五人の日本人は、自分がどう思うかよりもまず、ほかの十四人はどう思うのかを重視するというか、思いやるというか、そうやって思いやりながら、まわりに自分をあわせていくことができるの。個人よりも、十五人の調和を重んじるのね」

この説明は、けっこうわかりやすかった。

わたしなりに、わたしの理解をまとめると、こうなった。

「あやまちはくりかえしません」と言っているのは、私＝日本人であり、あなた＝アメリカ人であり、世界＝人類でもある、ということ。

ああ、この理解をどういうふうに説明すれば、肯定派《こうていは》のメンバーと会場の人々に、英語を母国語とする人たちに、わかってもらえるのだろう。

わたしは頭をかかえた。この討論会は「原爆《げんばく》投下の是非《ぜひ》」を問うものであって、日本語のお勉強をするものではない。

スコットとジャスミンとダリウスに相談してみたところ、三人から返ってきた答えは、異口同音《いくどうおん》だった。

「今のその説明ときみの解釈《かいしゃく》を、お母さんとの会話から始めて、そっくりそのまま、話してみるといい。伝わるか、伝わらないか、胸に響《ひび》くか、響かないか、そんなことは考えなくていい」

だから、そのようにした。

理解されるか、されないか、そんなことはもうどうでもよかった。

わたしはただ、わたしの受けた、いい意味でのショックを、日本語という言葉の奥《おく》の深さを、その世界観を、入り口の部分だけでもいいから、みんなに伝えたかった。

「……これで、日本人自身がみずからの罪を懺悔《ざんげ》し、原爆投下を受けて当然だった、原爆投下は正しかったと思っているのでは決してない、ということをおわかりいただけたでしょうか。原爆死没者《しぼつしゃ》が安らかに眠《ねむ》るためには、わたしたち人類は、もう二度と同じあやまちを犯《おか》してはいけない、と、この慰霊碑《いれいひ》は語っているのです。原爆投下は、アメリカの犯した罪ではない。人類の罪だと言っているのです。ここからは私事ですが、わたしはノーマンの第三回の発表を聞いて、日本語と日本文化に深い興味をいだきました。自分の進路は、これで決まったと思っています。わたしは日本のことをもっと知りたい。原爆について書かれた日本文学を、これから少しずつ、ひもといてみるつもりです。そのためにも、日本語を猛烈《もうれつ》に勉強するつもりです。これまでは、スペイン語かフランス語を第二外国語にしたいと思っていたのですが。ジャスミンの言ったように、わたしも個人として、平和を創造していきたい。日本を知る、日本語を学ぶということが、わたしの平和への第一歩です。そしていつか、日本へ行ってみたいと思っています。日本の子どもたちと話をしてみたいと思っています。平和について、原爆《げんばく》について。そして、広島へも長崎へも行ってみたいと思っています。原爆を落とされた土地に、自分の足で立ってみたいのです。この討論会はきょうで終わりますが、わたしの平和の創造は、きょうから始まります」

八分ぎりぎりで、わたしのスピーチは終わった。

拍手《はくしゅ》は、わたしの耳には入ってこなかった。

おそらく全力疾走《しっそう》を終えたランナーみたいな状態だったのだろう。心ここにあらず。体から心が抜《ぬ》けてしまったようになっていた。

「今までの七人のなかで、いちばん大きな拍手だったわね」

席にもどってきたとき、ジャスミンがそう耳打ちしてくれた。

肯定派《こうていは》の席に座《すわ》っている四人が全員、手をたたいている姿が見えた。

それを目にしてやっと、心が体にもどってきた。

最後のひとり、ナオミが演壇《えんだん》に立った。

手には一冊の本を持っている。

ナオミ・コーエン。ユダヤ系アメリカ人だ。

彼女《かのじょ》はきょう、ブルーのストライプのシャツに、黄色いミニスカートをはいている。なんとはなしに、ノーマンとおそろいのファッションみたいに見える。

「あっ」と思った。

やっぱりあのうわさは、ほんとうだったんだ。同級生のだれかが、教室のろうかでナオミとすれちがったとき「あの人がノーマンのガールフレンドよ」と言っていたことがあった。

ナチス・ドイツの同盟国だった日本へは、原爆が落とされて当然だった、と、言い放った人だ。きょうはどんなスピーチで、討論会の最後をしめくくるのだろう。ナオミがラストだから、やっぱり肯定派の勝ちにつながってしまうのかもしれないな。そんなことをわたしは思っていた。

「みなさん、私は今、感動につつまれています。メイの発表は、すばらしかった。私の胸にまっすぐに響《ひび》きました」

感動？　ナオミがわたしの発表に？　まさか……

「メイは直接、そうは言わなかったけれど、メイの言いたかったことは、ジャスミンやダリウスと同じで、平和を創造するためには人種差別や偏見《へんけん》をなくしていかなくてはならない。そしてそのためには、よその国の言語や、他民族の文化を理解していかなくてはならない、ということではないでしょうか。誤解をおそれずに言いますと、アメリカ国内におけるユダヤ人差別だって、ユダヤ人の言語や文化や宗教に対する無理解に根ざしたものです。ユダヤ人のなかには、すぐれた弁護士や医者が多い。けれども、組織や会社のなかで活躍《かつやく》している人は、それに比較《ひかく》すると少ない。それは、白人中心の企業《きぎょう》がユダヤ人を排除《はいじょ》しようとしているから、だから、自由業についている人が多いのです」

ナオミはそこで言葉を切って、演壇《えんだん》に置かれている本の表紙をなでた。

わたしの目にはそのように見えた。

いったいあそこには、どんな本が置かれているのだろう。

「また、これも、メイの発言によって思い知ったことですが、原爆《げんばく》についてのわれわれのリサーチには少し、かたよったところがあったように思います。データ、政府の見解、歴史的事実、それらに加えて、日本人の文学者や芸術家の作品にも目を向けるべきだったように思います。ノーマンによる碑文《ひぶん》の解釈《かいしゃく》も、たいへん浅薄《せんぱく》なものだったと反省します」

あたかも、原爆否定派のわたしたちを盛り立ててくれているかのような言葉のかずかずに、わたしたちはびっくり仰天《ぎょうてん》している。

ナオミ、どうしたの？

ノーマンとけんかでもしたの？

そんな心配をしてしまいたくなるほど、ナオミは否定派に寄りそうような発言を重ねている。

これは、そのあとにやってくるとどめの一発の前触《まえぶ》れ？

どこかでがらりと「肯定派《こうていは》ばんざい」にくつがえされるの？

「……じつは私は今から、当初ここで話そうと思っていたこととは、正反対のことを言うつもりです。原爆投下は必要悪であった。原爆は平和維持《いじ》のために必要である、と、私は当初、述べるつもりでした。じつのところ、今朝までは、そう心に決めていました。しかしながら、討論会の最後をしめくくるという重要な役割をになっている今、私は私の考えに変化があったことを、正直に述べる義務があると考えます」

わたしはノーマンのほうを見た。

ノーマンは腕組《うでぐ》みをして、まぶたを閉じている。

何もかも知っているのか、何も知らないのか。

「私の考えに大きな影響《えいきょう》を与《あた》え、変化をもたらした一冊の本が、ここにあります。自費出版をした著者は、イスラエルのガザ地区にある難民キャンプで生まれ育ったパレスチナ人医師です。彼《かれ》は、イスラエル軍による攻撃《こうげき》によって、イスラエル軍の撃《う》った砲弾《ほうだん》によって、家族を亡《な》くしました。言い方を変えましょう。彼の愛する家族は、イスラエル軍によって、殺されたのです」

ナオミは手もとに置かれていた本をとりあげて、会場の人々に見せながら、タイトルをゆっくりと発音した。

I STILL LOVE THEM

「それでも、私は愛する。彼はそう言っているのです。パレスチナ人とユダヤ人のあいだに張りめぐらされている、憎《にく》しみと怨恨《えんこん》のチェーン、暴力と暴力の連鎖《れんさ》を断ち切るためには、互《たが》いに相手を許すしかない。相手を許し、愛さなくてはならない。平和を築き上げるためには、憎しみと暴力を切り捨てなくてはならない。自分の家族を殺されたのに、それでも殺した相手を愛すると、彼は言っているのです。私はこの医師の主張、そして、対話を求めようとする彼の行動に、深く胸を揺《ゆ》さぶられました。彼はこのように述べています。われわれ人類は一致《いっち》団結して、われわれの共通の敵、すなわち、無知や憎悪《ぞうお》や偏見《へんけん》と戦わねばならないのだ、と。憎しみという敵はわれわれの外側ではなくて、内側にいるのだ、と。じつはこの本を私に紹介《しょうかい》してくれたのは……」

今、はじめて知ったことだったが、なんと、その人物はジャスミンであったという。ジャスミンは前回のナオミの主張を聞いたあと、どうしても彼女《かのじょ》にこの本を読んでもらいたくなって、ナオミに電話をかけたらしい。

しかし、電話で話を聞いたとき、ナオミは無関心なふうをよそおってしまった。

「なにしろ、敵チームのリーダーからの推薦《すいせん》図書ですからね。そんなにすなおに『はいはい』と言って受けとるわけにはいきません。味方を裏切るようなことをしてはいけませんし」

ここで会場からは小さな笑いが起こった。

ジャスミンには気のない返事をしてしまったけれど、どうにも気になってしかたがなくて、図書館から自分でとりよせて読んでみたという。

そうか、そういうことがあったのか。

ナオミが「日本人の文学者や芸術家の作品にも目を向けるべき」と述べた背景には、この本の存在があったのだなと納得《なっとく》した。

一冊の本には、それだけの力がある。

一冊の本には人を動かす力があり、人を変える力もある。

そのことはわたしも痛いほど実感している。わたしも、母のすすめてくれた峠三吉《とうげさんきち》の詩を読んではじめて、真の意味での原爆《げんばく》否定派になったのだから。

ナオミは最後のまとめに入った。

「……核兵器《かくへいき》が世界の平和の維持《いじ》に役立っているかどうかを議論する前に、私たちはまず、日本への原爆投下はまちがいであった、このことを認めなくてはなりません。どんな言い訳が成り立とうとも、だれがどんな解釈《かいしゃく》をしようとも、広島と長崎の、罪もない人々を対象とした人体実験は許すべきではないし、許されざる行為《こうい》だった、と、私は今、考えるようになっています。原爆投下を肯定《こうてい》することは、ナチスがユダヤ人に対して犯《おか》した罪を肯定することと同じです。原爆とガス室。ふたつの行為は、どちらもまちがったものであった。どちらも憎《にく》むべき悪であった。どちらも、醜《みにく》い人種差別の行き着く先にあるものだった。今はそのように思っています。そして私も、平和を創造する一個人でありたい。メイの教えてくれたとおりです。私たち人類は、もう二度と、あやまちをくりかえしてはならない。たぶん、原爆肯定派のメンバーも全員、そういう気持ちになっているのではないでしょうか。ジャスミンをはじめとする原爆否定派に、心から感謝したいと思います。あなたたちのリサーチと情熱があったからこそ、私たち肯定派もここまで進んでこられたのです。この討論会が、私たちが平和を創造するための力強い第一歩となりますように。そんな願いをこめて、私の発表を終わりにします。メイ、スコット、ジャスミン、ダリウス、ありがとう。エミリー、ノーマン、ケン、ありがとう。みんなすばらしかった。みんなみんなブラボーだった。私たちはみんな、平和を願うアメリカ人であり、平和な地球を創造したいと願っている人類です。会場で応援《おうえん》してくださった人類のみなさま、ありがとうございました。平和の神様にも感謝を！」

ナオミのスピーチが終わった瞬間《しゅんかん》、七人全員と、会場を埋《う》めつくしている人たち全員がいっせいに立ち上がって、手をたたき始めた。

拍手《はくしゅ》は鳴りやまなかった。

いつまでも。

いつまでも――。


あれから十年以上が過ぎた今も、耳をすますと、私の耳には、まるで潮騒《しおさい》のような拍手の音が聞こえてくる。

拍手は鳴りやまない。

手のひらと手のひらのつくりだす波に運ばれて、私の心はたちまち、ある晴れた夏の朝にもどっていく。一九四五年八月六日の朝、広島の人たちが、八月九日の朝、長崎の人たちが見上げた青い空に、私の心は飛んでいく。

同じひとつの青空のもとで、私たちはつぶやく。

何度も。

何度でも。

あやまちは二度とくりかえしません、と。

文庫版あとがき　私の手から飛び立った青い鳥

金原瑞人さんが書いて下さった解説を拝読して、私は、それまでは意気揚々と「書こう！」と思っていたあとがきを、書かない方がいいのではないかと思ってしまった。こんなにも的を射た解説に、くっ付いている著者のあとがきなど、蛇足に過ぎないのではないか。

それでも今、あなたの手元にある、この、一冊の小さな本ができ上がるまでに、どれほど多くの人たちのご尽力をいただいたことか、またその中には、名前や顔を知っている人たちもいれば、まったく知らない人たちも大勢いる、ということを思うと、みなさんへのお礼の気持ちをこめて、いわば謝辞として、あとがきを記すことに意義はあるのかもしれないと思い直して、書き始めることにした。

広島と長崎への原爆投下の是非を問う。

このテーマを思い付いたのは、私ではなくて、編集者である。児童書の版元として知られている偕成社の編集者、早坂寛さんから「次作は原爆について書いて欲しい」と依頼をいただいたとき、私はたまたま、日系移民の百年の歴史を題材にした長編小説『星ちりばめたる旗』を書いていた。しかも、恋愛中の在米日系人女性と日本人男性がデートのさいちゅうに「原爆投下の是非」について会話を交わしている、という場面を書いたばかりだった。小説を書いていると、よく、このような不思議な偶然の一致――シンクロニシティに遭遇する。

早坂さんは言った。

「日本の立場から書かれた原爆の話ではなくて、アメリカとアメリカ人の視点で書かれた作品を望みます」

かれこれ三十年近く、アメリカで暮らしている私だからこそ、書ける作品があるのではないかと、早坂さんは考えて下さったのだろう。

迷うこともなくお引き受けし、原稿を書き上げ、単行本『ある晴れた夏の朝』を上梓したのは二〇一八年八月だった。

毎年、夏になると、全国の書店の児童書のコーナーには、太平洋戦争に関する書籍がずらりと並ぶ。もちろん、原爆について書かれた作品も。その大半は「原爆は悲惨。日本は世界で唯一の被爆国。二度とこのようなことが起こらないように、平和を祈りましょう」――。

なぜ、日本に原爆が落とされたのか、落とされるまでに、日本はどこで、どんな戦争をやっていたのか。これらを隠蔽《いんぺい》したまま、ただ祈るだけでは平和は実現しない。そんな思いをこめて、私は本作を書いた。

正直に告白すると、出版後は日本国内で激しい非難を浴びるだろうと、ひそかに覚悟を決めていた。なぜなら、たとえフィクションであるとはいえ、また、たとえ主要な登場人物が全員アメリカ人であるにしても、私は「広島と長崎への原爆投下は正しかった」と、一部の人物に言わせているのだから。

ところが、ふたをあけてみると、学校関係者、教育関係者、図書館関係者、のみならず、戦争を身を以《もっ》て体験してきた人たちから、次々に「よくぞ書いてくれた」「こういう作品を待っていた」というような支持と共感の言葉が届くではないか。これにはびっくりした。早坂さんも、同じだったのではないだろうか。

まっさきにブログで絶賛して下さったのは、ほかならぬ、金原さんだった。その後も好意的な書評が出続け、出版から一年後の八月六日、日本経済新聞の朝刊のコラム「春秋」でも紹介された。

コラムの冒頭は、こんな一文で始まっている。

――徹底して話し合うことの大切さを教えてくれる一冊である。

広島平和記念日の朝にコラムが掲載されたせいだろうか、日経新聞の読者がいっせいに本書を買って下さり、アマゾンでベストセラーになった。

快挙は続く。自慢話のようになってしまうけれど、お許し願いたい。

本作は二〇一九年、青少年読書感想文全国コンクール・中学校の部の課題図書に選出され、同年、小学館児童出版文化賞を受賞した。

ベストセラー、課題図書、小学館の栄えある賞を受賞。「これで三冠達成ですね」と、早坂さんと喜びを分かち合った。

四冠達成は出版から三年後の二〇二一年八月。私にとっては悲願であった英文版『On A Bright Summer Morning』が出版された。「本作を世界中の人たちに読んでもらいたい」という読者の声に応える形で、偕成社の今村正樹社長が下された英断だった。

英訳者は私の夫、グレン・サリバン。彼も「この作品をぜひともアメリカ人に読ませたい」と言って仕事を引き受けてくれた。英文編集者のアラン・グリースンさんにも大変お世話になった。

夫とアランさんは、日本では許されても、現在のアメリカでは許されない表現があることを鋭く指摘してくれた。たとえば、登場人物のひとりであるノーマンに付けた愛称「スノーマン」は、日本では親しみを持って迎えられるだろうけれど、今のアメリカでは、これは人種差別表現に当たる。大柄な白人男性を、雪だるまにたとえてはいけないのである。執筆当時、私には、そのような配慮が欠けていた。文庫化に際して「スノーマン」は使わないことにした。

おそるおそる単行本を出してから六年後の今年、本作は五冠達成を成し遂げた。作家と作品を大切にして下さる文藝春秋から文庫版を出していただけることを、関係者一同、心より嬉しく思っている。

聞けば、文庫化の企画を最初に立ち上げて下さったのは文庫編集部の中本克哉さんで、中本さんの母方のおじいさまとおばあさまは広島で被爆されていたという。原爆や戦争責任の是非について考えるきっかけになるような作品を末長く残していきたいという意図から、文庫化をご提案下さった。その後、過去にエッセイの連載で仕事をごいっしょしたことのある曽我麻美子さんが偕成社との交渉にあたり、辛抱強く待ち続けて下さり、最終的には石塚智津さんが編集業務を担当して下さり、このたびの出版が実現した。

まだまだ、ここにはお名前を書き切れていない多くの方々に、陰になり、日向になり、支えていただいてきた。みなさまには、どれだけ感謝しても、し足りない。課題図書に選出された単行本を読んで、感想文を書いてくれた全国の中学生たちにも「ありがとう」を。そして今、本書を手に取って下さっているあなたにも。

この一冊の本を、重いと考えるか、軽いと考えるか。

私は軽いと考える。原爆は、重いテーマであるに違いない。しかし、書かれた本は軽く、文章もまた軽くありたい。小鳥のように軽ければ、羽ばたいて、世界中へ飛んでいける。一冊の本には、そんな力がある。青い鳥——『ある晴れた夏の朝』がそのことを私に教えてくれた。

小手鞠るい

解説　小学生から大人までが共感できる、ひときわ輝く作品

金原瑞人

アメリカで一年ほど暮らして実感したのは、第二次世界大戦の戦勝国と敗戦国の違いだった。たとえば、アメリカにはメモリアルデイがある。五月の最終月曜日で、土日をふくめて三連休になる。夏の訪れを告げる祝日で、そのあと大学や小中高は夏休みということもあり、いろんな行事やイベントが行われ、いたるところでにぎやかで楽しい催しがある。しかしメモリアルデイは「戦没将兵追悼記念日」で、国のために戦って亡くなったアメリカ人兵士をたたえ、彼らに思いをはせる日なのだ。だから現役や退役した軍人のパレードも大々的に行われる。いうまでもなく彼らは英雄だ。こんな光景は日本では絶対にみられない。このことだけをみても、戦争や軍隊に対する

感覚は日米でかなり違うのはよくわかる。しかしずっと日本にいると、そういうことはあまり意識のなかに入ってこない。

『ある晴れた夏の朝』はプロローグのあと、「もうじきメモリアルデイの三連休がやってくる」と、さりげない一文が入る。本文では詳しく説明されないが、あとの展開を考えると、じつにうまい始まり方だと思う。

　主人公はニューヨーク州に住んでいる十五歳のメイ。母親が日本人で父親がアメリカ人だ。夏休みをどう過ごそうか考えていたメイは、ハイスクールの先輩に説得されて公開討論会に出ることになる。テーマは原爆投下の是非。原爆投下は本当に必要だったのかどうかについて、八人の生徒が肯定派と否定派に分かれて、議論を戦わせる。メイは否定派だ。四回の討論会で勝敗が決まる。

　最初の討論会で、メイは多くの資料を紹介しながら、トルーマン大統領が、「戦争を一刻も早く終わらせたくて」、また、このままだと「何百万人以上の日本人とアメリカ人が命を落とすだろう」と考えて原爆投下を決意したという説をしりぞけ、原爆で亡くなった人々の大半が「罪もない一般市民」だったことを訴え、峠三吉の原爆の詩を朗読する。とてもよくまとまった説得力のある発表に拍手がわく。しかしメイが

「全身全霊で、ほっとしていた。これで大役はなんとか果たせた」と思った瞬間、野次が耳に突き刺さる。「第二次世界大戦中、日本兵に殺された中国人の数は、原爆で死んだ日本人の百倍だったってことを忘れるな！」

世界で唯一の被爆国である日本は原爆の被害者として、「NO！」という権利があると思って読んできた読者は、見事に足をすくわれる。アメリカの原爆投下の是非を問うということは、日本の戦争責任を問うことでもあるのだ。この作品が単なるディベート小説ではないことがここではっきりと宣言される。これは、作者から読者への宣戦布告といっていい。このあとの討論会で、原爆投下肯定派が投げかける指摘や糾弾は想像以上に厳しい。

中国系アメリカ人のエミリーは「戦争遂行のために政府は、国家のすべての人的、物的資源を統制、運用することができる」という「国家総動員法」のもとにいた日本人は「ひとり残らず兵士であった」のではないかと問い、日本兵が中国で行った残虐な殺戮《さつりく》行為の写真を次々にスクリーンに映して、「日本兵に殺された中国の一般市民こそが、罪もない人々なのです」と訴える。

いろんな人種の血が混じっているジャスミンは、「原爆投下の根もとにあったものは、人種差別ではなかったか」と問いかけ、原爆実験が行われたのはネイティブ・アメリカンの暮らしていた土地で、原爆投下もビキニ環礁《かんしょう》での実験もすべて白人以外の土地で行われた事実を指摘し、アメリカは戦後も、「朝鮮半島で、ヴェトナムで、今はイラクで、やはり人種差別に裏打ちされた戦争を」起こしてきたと主張する。これに対し、ユダヤ系アメリカ人のナオミは「仮にそうであったとしても、私は原爆投下を断固、肯定します。なぜなら、当時の日本は、ドイツの同盟国であったからです。ナチス・ドイツの同盟国ですよ！　許せません、そんな国！」と激しい口調で発言する。

六百万人ものユダヤ人を虐殺したといわれるナチス・ドイツの同盟国を、第二次世界大戦中の世界がどうみていたのか、読者はここで考えざるをえない。

この討論会に参加しているのは、メイ、エミリー、ジャスミン、ナオミのほか、アイルランド系のノーマン（原爆は必要悪だったと主張）、スコット（ナチスを否定するのと同じレベルで、原爆を否定している）、日系のケン（「原爆は、卑怯な真珠湾攻撃に対する正しいリベンジだった〔中略〕犯罪を犯した者は処罰される」）、黒人のダリウス（皮膚の色が黒いというだけで長い間、悲惨な状況に置かれていたからといって、「俺たち黒人が白人を処罰してもいい、という論理は成り立たない」と主張)。

これら八人の議論は真っ向から対立し、ぶつかり合い、ときにすれ違い、またかみ合って次の議論へ引き継がれていく。それぞれの主張を裏付ける厖大《ぼうだい》な資料から説得力のあるものを選び出して効果的に使っているのも印象的だ。

こうしていよいよ議論は白熱するのだが、原爆肯定派の決定打は、広島平和記念公園のなかに設置されている慰霊碑の言葉だった。

作品の構成といい、展開といい、キャラの作り方といい、ほぼ完璧なこの小説の最後の最後に正々堂々と仕掛けられたこのジャンプ台は、読者を軽々と空中に放り上げる。そのとき読者は気づく。この作品で問われているのは原爆の是非だけではなく、戦争責任だけではなく、理想的な世界のあり方なのだ、と。

しかしそういう問いかけ以上に心を打つのは、激しい討論を続けるうちに両派の間に生まれてくる一種の連帯感までリアルに描いているところだろう。

そして、この作品を読み終えて、ふたたびプロローグを読み返すと、この体験をしたメイが「なぜ、いっしょうけんめい日本語を勉強し、日本語を身につけて、将来は日本へ行って仕事をしたいと思うようになったのか」、その気持がやわらかく胸にしみこむ。

いままでに原爆を扱った作品はいくつもあるし、長いこと読み継がれているものも多いが、そういった作品群のなかでひときわ輝く作品がここに生まれた。

それも、小中学生から大学生、大人までが共感できる小説として。


（翻訳家、法政大学教授）

関連年表

太字は、本作品で触れている事柄

年月	核に関する出来事	世界の出来事
1895年11月	レントゲン、X線発見	
1896年2月	ベクレル、ウランから放射線を発見	
1898年12月	キュリー夫妻、ラジウム発見	
1916年5月		アインシュタイン、一般相対性理論を発表
1938年12月	ハーンとシュトラスマン、ウランの核分裂現象を発見	
1939年9月		**ナチス・ドイツ、ポーランドに侵攻** **第二次世界大戦始まる**
1941年12月		**日本、アメリカの真珠湾を攻撃** **太平洋戦争始まる**
1942年8月	**アメリカ、マンハッタン計画発足**	
1945年7月	**アメリカ、人類初の核実験**	
1945年8月	**広島に原子爆弾投下**	
1945年8月	**長崎に原子爆弾投下**	
1945年8月		**日本、無条件降伏、終戦**
1946年7月	**アメリカ、ビキニ環礁で初の原爆実験**	
1948年8月		大韓民国成立

1948年9月		朝鮮民主主義人民共和国成立
1949年4月		北大西洋条約機構（NATO）発足
1949年8月	ソ連、カザフスタン北東部セミパラチンスクで初の原爆実験	
1950年1月	トルーマン大統領、水爆製造指令	
1950年6月		**朝鮮戦争勃発**
1950年11月	トルーマン大統領、朝鮮戦争での原爆使用を考慮と声明	
1951年9月		サンフランシスコ講和条約、日米安全保障条約調印
1951年12月	アメリカ、アイダホ州で原子力発電に成功	
1952年10月	イギリス、オーストラリアのモンテベロ諸島で初の原爆実験	
1952年11月	アメリカ、エニウェトク環礁で初の水爆実験	
1953年8月	ソ連、セミパラチンスクで初の水爆実験	
1953年12月	アイゼンハワー大統領、原子力の平和利用を提言	
1954年3月	**アメリカ、ビキニ環礁で初の水爆実験。第五福竜丸被爆**	
1954年6月	ソ連で工業用の原子力発電所、運転を開始	
1955年8月	広島で第一回原水爆禁止世界大会開催	
1956年5月	**アメリカ、ビキニ環礁で初の水爆投下実験**	
1957年5月	イギリス、クリスマス島で初の水爆実験	

年月	核に関する出来事	世界の出来事
1957年7月	国際原子力機関（IAEA）設立	
1957年9月	ソ連、マヤーク核施設で爆発事故（キシュテム事故）	
1957年10月	イギリス、ウィンズケール原子力発電所で火災事故	
1960年1月		日米新安全保障条約調印
1960年2月	フランス、サハラ砂漠で初の原爆実験	
1962年10月	キューバ危機。キューバに建設中のソ連のミサイル基地に対して、ケネディ大統領がキューバの海上封鎖を声明、ソ連のフルシチョフ首相がミサイルを撤去した	
1963年6月	米ソ政府間のホットライン協定調印	
1963年8月	アメリカ、イギリス、ソ連の三カ国が部分的核実験停止条約（PTBT）に調印	
1964年10月	中国、東トルキスタンで初の原爆実験	
1966年7月	東海発電所、商業運転開始	
1967年6月	中国、初の水爆実験	
1967年7月		欧州共同体（EC）発足
1968年7月	核拡散防止条約（NPT）調印	
1968年8月	フランス、初の水爆実験	
1970年3月	核拡散防止条約（NPT）発効	
1971年9月	アメリカとソ連、偶発核戦争防止協定調印	

1972年5月	アメリカとソ連、第一次戦略兵器制限交渉（SALTⅠ）に調印、弾道弾迎撃ミサイル制限条約（ABM）に調印	
1974年5月	インド、初の地下核実験を実施	
1975年4月		**ヴェトナム戦争終結**
1979年3月	アメリカ、スリーマイル島で原発事故	
1979年6月	アメリカとソ連、第二次戦略兵器制限交渉（SALTⅡ）に調印	
1979年12月		ソ連、アフガニスタンに侵攻
1984年3月	ソ連、チェルノブイリ原子力発電所4号機商業運転開始	
1985年12月	北朝鮮、核拡散防止条約（NPT）に署名	
1986年4月	ソ連、チェルノブイリ原子力発電所4号機で大事故、事故後の作業に携わった約5万5千人が死亡	
1987年12月	アメリカとソ連、中距離核戦力全廃条約（INF）に調印	
1988年6月	アメリカとソ連、中距離核戦力全廃条約（INF）発効	
1991年1月		**湾岸戦争勃発**
1991年7月	アメリカとソ連、第一次戦略兵器削減条約（STARTⅠ）に調印	
1991年12月		ソビエト連邦解体
1992年1月	韓国と北朝鮮、「朝鮮半島の非核化に関する共同宣言」調印	

年月	核に関する出来事	世界の出来事
1993年1月	アメリカとロシア、第二次戦略兵器削減条約（ＳＴＡＲＴⅡ）に調印	
1993年11月		欧州連合（ＥＵ）発足
1994年9月	日本、国連に初めて「核兵器廃絶決議案」を提出	
1994年12月	アメリカとロシア、第一次戦略兵器削減条約（ＳＴＡＲＴⅠ）発効	
1996年9月	包括的核実験禁止条約（ＣＴＢＴ）、国連総会で採択	
1998年5月	インド、地下核実験を実施	
1998年5月	パキスタン、初の地下核実験を実施	
1998年8月	北朝鮮、ミサイル（テポドン）発射実験	
1999年9月	茨城県東海村ＪＣＯウラン精製工場で臨界事故、2人死亡	
2001年9月		アメリカ同時多発テロ
2002年5月	アメリカとロシア、戦略攻撃能力削減に関する条約（モスクワ条約）調印	
2002年12月	北朝鮮、国際原子力機関（ＩＡＥＡ）に核施設の凍結解除を通知	
2003年1月	北朝鮮、核拡散防止条約（ＮＰＴ）から脱退	
2003年3月		**アメリカ軍、イラクを空爆**

2005年4月	ロシア政府、チェルノブイリ原発事故によりロシア国内で145万人が被爆したと発表	
2006年10月	北朝鮮、初の地下核実験	
2010年4月	アメリカとロシア、新戦略兵器削減条約(新START)に調印	
2011年3月	東京電力福島第一原子力発電所事故発生 2051年に廃炉・施設の解体が終了予定	東日本大震災
2012年4月	インド、長距離弾道ミサイルの発射実験に成功	
2016年1月	北朝鮮、初の水爆実験	
2016年5月	アメリカのオバマ大統領が現職の米大統領として初めて広島を訪問	
2017年7月	核兵器禁止条約(TPNW)、国連総会で採択	
2017年12月	ICAN(核兵器廃絶国際キャンペーン)がノーベル平和賞受賞	
2019年8月	アメリカとロシア、中距離核戦力全廃条約(INF)失効	
2019年11月	ローマ教皇フランシスコが長崎、広島を訪問	
2020年8月	広島、長崎への原爆投下から75年が経過	
2020年10月	核兵器禁止条約(TPNW)批准国が50カ国・地域となる	
2021年1月	核兵器禁止条約(TPNW)が発効	

編集部作成

参考文献

『なぜアメリカは日本に二発の原爆を落としたのか』　日高義樹著　PHP文庫
『検閲　原爆報道はどう禁じられたのか』　モニカ・ブラウ著　繁沢敦子訳　時事通信社
『アメリカの歴史教科書が描く「戦争と原爆投下」　覇権国家の「国家戦略」教育』　渡邉稔著　明成社
『広島・長崎への原爆投下再考　日米の視点』
　木村朗　ピーター・カズニック共著　乗松聡子訳　法律文化社
『封印されたヒロシマ・ナガサキ　米核実験と民間防衛計画』　高橋博子著　凱風社
『アメリカは日本をどう報じてきたか　日米関係二〇〇年』　五明洋著　青心社
『アメリカはいかにして日本を追い詰めたか　「米国陸軍戦略研究所レポート」から読み解く日米開戦』
　ジェフリー・レコード著　渡辺惣樹訳・解説　草思社
『ルーズベルトの開戦責任　大統領が最も恐れた男の証言』
　ハミルトン・フィッシュ著　渡辺惣樹訳　草思社
『アメリカの戦争責任　戦後最大のタブーに挑む』　竹田恒泰著　PHP新書
『日米開戦の人種的側面　アメリカの反省1944』
　カレイ・マックウィリアムス著　渡辺惣樹訳　草思社
『それでも、私は憎まない　あるガザの医師が払った平和への代償』
　イゼルディン・アブエライシュ著　高月園子訳　亜紀書房
『コレクション　戦争×文学19　ヒロシマ・ナガサキ』　集英社＊
「八月六日」(＊所収)の抄訳はグレン・サリバンによるものです。

年表

『池上彰の講義の時間　高校生からわかる原子力』　池上彰著　ホーム社
『核の時代70年』　川名英之著　緑風出版

初　出　単行本　2018年8月　偕成社刊

イラスト　タムラフキコ

デザイン　木村弥世

DTP制作　エヴリ・シンク

＊本作品はフィクションです。本文中に登場する人物は、実在の人物とは一切関係がありません。

＊本文に出てくる年数等についての数字は執筆当時のままといたしました。また、戦死者などの数については、複数の文献を参考にし、最も一般的だと推察する数字を採用いたしました。

文春文庫

定価はカバーに表示してあります

ある晴《は》れた夏《なつ》の朝《あさ》

2024年7月10日　第1刷

著　者　小《こ》手《で》鞠《まり》るい

発行者　大沼貴之
発行所　株式会社　文藝春秋

東京都千代田区紀尾井町 3-23　〒 102-8008
TEL 03・3265・1211㈹
文藝春秋ホームページ　http://www.bunshun.co.jp

落丁、乱丁本は、お手数ですが小社製作部宛お送り下さい。送料小社負担でお取替致します。

印刷・萩原印刷　製本・加藤製本

Printed in Japan
ISBN978-4-16-792242-9

（　）内は解説者。品切の節はご容赦下さい。

あさのあつこ
ガールズ・ブルー
十七歳の誕生日を目前に失恋した理穂。病弱だけど気の強い美咲。天才野球選手の弟、如月。落ちこぼれ高校生たちの夏が始まった。切ないほどに透明な青春群像小説。（金原瑞人）
あ-43-1

あさのあつこ
透き通った風が吹いて
野球部を引退した高三の渓哉は将来が思い描けず焦燥感にさいなまれている。ある日道に迷う里香という女性と出会うが……書き下ろし短篇「もう一つの風」を収録した直球青春小説。
あ-43-20

青柳碧人
国語、数学、理科、誘拐
進学塾で起きた小6少女の誘拐事件。身代金5000円、すべて1円玉で?!　5人の講師と生徒たちが事件に挑む。「読むと勉強が好きになる」心優しい塾ミステリ！（太田あや）
あ-67-2

朝井リョウ
武道館
【正しい選択】なんて、この世にない。「武道館ライブ」という合言葉のもとに活動する少女たちが最終的に〝自分の頭で〟選んだ道とは——。大きな夢に向かう姿を描く。（つんく♂）
あ-68-2

朝井リョウ
ままならないから私とあなた
平凡だが心優しい雪子の友人、薫は天才少女と呼ばれる。成長に従い、二人の価値観は次第に離れていき、決定的な対立が訪れるが……。一章分加筆の表題作ほか一篇収録。（小出祐介）
あ-68-3

井上ひさし
青葉繁れる
青葉繁れる城下町の東北一の進学校。頭の中はいつも女の子のことばかり。落ちこぼれの男子五人組がまき起こす、愛すべき珍事件の数々。ユーモアと反骨精神溢れる青春文学の金字塔。
い-3-27

伊集院　静
少年譜
多感な少年期に、誰と出会い、何を学ぶか——。大人になるために必ず通らなければならぬ道程に、優しい光をあてた少年小説集。危機の時代を生きぬくための処方箋です。（石田衣良）
い-26-16

加納朋子
モノレールねこ
デブねこを介して始まった「タカキ」との文通。しかし、そのネコが車に轢かれ、交流は途絶えるが……表題作「モノレールねこ」ほか、普段は気づかない大切な人との絆を描く八篇。（吉田伸子）
か-33-3

加納朋子
少年少女飛行倶楽部
中学一年生の海月が入部した「飛行クラブ」。二年生の変人部長・神《じん》ことカミサマをはじめとするワケあり部員たちは果たして空に舞い上がれるのか？　空とぶ傑作青春小説！（金原瑞人）
か-33-4

喜多喜久
プリンセス刑事　生前退位と姫の恋
女王統治下にある日本で、刑事となったプリンセス日奈子。女王が生前退位を宣言し、王室は大混乱に陥る。一方ではテロが相次ぎ——。日奈子と相棒の芦原刑事はどう立ち向かうのか。
き-46-2

小松左京　原作・吉高寿男　ノベライズ
日本沈没２０２０
二〇二〇年、東京オリンピック直後の日本で大地震が発生。普通の家族を通じて描かれた新たな日本沈没とは。究極の選択を突きつけられた人々の再生の物語。アニメを完全ノベライズ。
こ-5-14

桜庭一樹
ほんとうの花を見せにきた
中国の山奥から来た吸血種族バンブーは人の姿だが歳を取らない。マフィアに襲われた少年を救ったバンブーが掟を破って人間との同居生活を始めるが。郷愁誘う青春小説。（金原瑞人）
さ-50-9

最果タヒ
十代に共感する奴はみんな嘘つき
いじめや自殺が日常にありふれている世界で生きるカズハ。女子高生の恋愛・友情・家族の問題が濃密につまった二日間の出来事。カリスマ詩人が、新しい文体で瑞々しく描く傑作小説。
さ-72-1

佐々木　愛
プルースト効果の実験と結果
東京まで新幹線で半日かかる地方都市に住む女子高生の不思議な恋愛を描いた表題作、オール讀物新人賞受賞作「ひどい句点」等こじれ系女子の青春を描いた短篇集。（間室道子）
さ-76-1

（　）内は解説者。品切の節はご容赦下さい

（　）内は解説者。品切の節はご容赦下さい。

池澤夏樹
南の島のティオ　増補版
ときどき不思議なことが起きる南の島で、つつましくも心豊かに成長する少年ティオ。小学館文学賞を受賞した連作短篇集に「海の向こうに帰った兵士たち」を加えた増補版。（神沢利子）
い-30-2

石田衣良
キング誕生
池袋ウエストゲートパーク青春篇
高校時代のタカシにはたったひとりの兄タケルがいた。戦国状態の池袋でタカシが兄の仇を討ち、氷のキングになるまでの書き下ろし長編。初めて明かされるシリーズの原点。（辻村深月）
い-47-20

いとうみく
車夫
家庭の事情で高校を中退し浅草で人力車夫として働く吉瀬走。大人の世界に足を踏み入れた少年と、同僚や客らとの交流を瑞々しく描く。期待の新鋭、初の文庫化作品。（あさのあつこ）
い-105-1

いとうみく
車夫2
幸せのかっぱ
高校を中退し浅草で人力車をひく吉瀬走。陸上部時代の同級生が会いに来たり、ストーカーにあったりの日々の中、行方不明だった母親が体調を崩したという手紙が届く。（中江有里）
い-105-2

冲方　丁
十二人の死にたい子どもたち
安楽死をするために集まった十二人の少年少女。全員一致で決を採り実行に移されるはずのところへ、謎の十三人目の死体が!?　彼らは推理と議論を重ねて実行を目指すが。（吉田伸子）
う-36-1

榎田ユウリ
この春、とうに死んでるあなたを探して
妻と別れ仕事にも疲れた矢口は中学の同級生・小日向と再会する。舞い込んできたのは恩師の死をめぐる謎――事故死か自殺か。切なくも温かいラストが胸を打つ、大人の青春ミステリ。
え-17-1

大崎　梢
彼方のゴールド
スポーツ雑誌編集部に配属された明日香。選手や関わる全ての人の熱き思いに触れ、スポーツの魅力と、伝える仕事の面白さを知っていく。爽快度100%、お仕事青春小説！（大矢博子）
お-58-4

東山彰良
僕が殺した人と僕を殺した人
一九八四年台湾。四人の少年は友情を育んでいた。三十年後、人生の歯車は彼らを大きく変える。読売文学賞、織田作之助賞、渡辺淳一文学賞受賞の青春ミステリ。（小川洋子）
ひ-27-2

福田和代
空に咲く恋
花火屋の実家を飛び出したヘタレ男子・由紀。ある日、花火店の跡取り娘・ぼたんと出会う。花火師を目指すライバル同士の恋の行方は？　恋に仕事に全力投球！　夏を彩る青春恋愛物語。
ふ-45-2

誉田《ほんだ》哲也
武士道シックスティーン
日舞から剣道に転向した柔の早苗と、剣道一筋、剛の香織。勝ち負けとは？　真の強さとは？　青春時代を剣道にかける女子をみずみずしく描く痛快・青春エンターテインメント。（金原瑞人）
ほ-15-1

誉田哲也
武士道セブンティーン
スポーツと剣道、暴力と剣道の狭間で揺れる17歳、柔の早苗と剛の香織。横浜と福岡に分かれた二人は、別々に武士道とは何かを追い求めてゆく。「武士道」シリーズ第二巻。（藤田香織）
ほ-15-3

誉田哲也
武士道エイティーン
福岡と神奈川で、互いに武士道を極めた早苗と香織が、最後のインターハイで、激突。その後に立ち塞がる進路問題。二人の女子高生が下した決断とは。武士道シリーズ、第三巻。（有川　浩）
ほ-15-4

誉田哲也
武士道ジェネレーション
あれから六年。それぞれの道を歩き出した早苗と香織だったが、玄明先生が倒れ、道場が存続の危機に。大好評剣道青春小説シリーズ第四弾。番外編の短編と書店員座談会を特別収録。
ほ-15-8

円居　挽
キングレオの回想
獅子丸は、天才的頭脳の少年・論語から、ある女性の正体を知りたいと依頼を受ける。一方、助手の大河には、さる高貴な男性の醜聞が持ち込まれ……。巻末に描き下ろし漫画を収録。
ま-41-2

（　）内は解説者。品切の節はご容赦下さい。

秋元良平　写真・石黒謙吾　文
盲導犬クイールの一生
盲導犬クイールの生まれた瞬間から温かな夫婦のもとで息を引き取るまでをモノクロームの優しい写真と文章で綴った感動の記録。映画化、ドラマ化もされ大反響を呼んだ。（多和田　悟）
あ-69-1

内田　樹
最終講義
生き延びるための七講
神戸女学院大学退職の際の「最終講義」を含む、著者初の講演集。自分の知的ポテンシャルを最大化する唯一の方法とはなにか、など世界の眺望が一変する言葉の贈り物。（赤坂真理）
う-19-19

川上未映子
きみは赤ちゃん
35歳で初めての出産。それは試練の連続だった！　芥川賞作家の鋭い観察眼で「妊娠・出産・育児」という大事業の現実を率直に描き、多くの涙と共感を呼んだベストセラー異色エッセイ。
か-51-4

かこさとし
未来のだるまちゃんへ
『だるまちゃんとてんぐちゃん』などの絵本を世に送り出してきた著者。戦後のセツルメント活動で子供達と出会った事が、絵本創作の原点だった。全ての親子への応援歌！（中川李枝子）
か-72-1

かこさとし
だるまちゃんの思い出 遊びの四季
ふるさとの伝承遊戯考
花占いに陣とり、ゴムひもとびにかげふみ……かこさんが生涯にわたり描き続けた〈子供の遊びと伝承〉。貴重なカラーカット絵が満載の、日本エッセイスト・クラブ賞受賞作。（辻　惟雄）
か-72-2

河合香織
選べなかった命
出生前診断の誤診で生まれた子
その女性は出生前診断で「異常なし」と診断されて子供を産んだが、実は誤診でダウン症児だと告げられる。三カ月半後、乳児は亡くなった。女性は医師を提訴するが――。（梯　久美子）
か-83-1

相良敦子
お母さんの「敏感期」
モンテッソーリ教育は子を育てる、親を育てる
イタリア初の女性医師、マリア・モンテッソーリが生み出した「モンテッソーリ教育」。日本でも根強い支持者をもつこの教育法を、第一人者が豊富なイラストで伝授するバイブル的書。
さ-46-1

四十万《しじま》靖・渡邊朗子
頭のよい子が育つ家
有名中学合格者の自宅を徹底調査したら、子供部屋で勉強している子はほとんどいなかった！　新しい家と家族のあり方を提唱し話題になった書に「その後の『頭のよい子』たち」を加筆。

し-49-1

谷口真由美
日本国憲法 大阪おばちゃん語訳
戦争は棄てましてん（9条）、しあわせってなんやろか？（13条）など。大阪大学〝ベストティーチャー賞〟受賞講義を書籍化。驚くほど憲法が分かる！

た-102-1

中川李枝子　絵・山脇百合子
本・子ども・絵本
「本は子どもに人生への希望と自信を与える」と信じる著者が絵本や児童書を紹介し、子どもへの向き合い方等アドヴァイスを綴る。『ぐりとぐら』の作者が贈る名エッセイ。（小川洋子）
な-80-1

福岡伸一
ルリボシカミキリの青
福岡ハカセができるまで
花粉症は「非寛容」、コラーゲンは「気のせい食品」？　生物学者・福岡ハカセが最先端の生命科学から教育論まで明晰、軽妙に語る。意外な気づきが満載のエッセイ集。（阿川佐和子）
ふ-33-1

松岡享子
えほんのせかい こどものせかい
「子どもが読書の楽しさを発見する為に、大人は何を手助けできるか」を解説した絵本ガイド。子どもが最も喜んだ34冊を紹介し、読み聞かせのコツや優れた絵本の見分け方を伝授。

ま-40-1

安武信吾・千恵・はな
はなちゃんのみそ汁
毎朝、早起きしてみそ汁をつくること——それが癌で逝った三十三歳の母と五歳の娘・はなちゃんとの「約束」だった。静かな感動に満ちた家族の物語、待望の文庫化。（竹下和男）
や-59-1

渡辺和子・山陽新聞社　編
強く、しなやかに
回想・渡辺和子
二・二六事件で陸軍大将の父が殺されたのは九歳の時。シスターとなった後、若くして大学の学長に抜擢されるも、うつ病など試練の連続だった。信仰と教育に身を捧げた波乱の人生録。
わ-22-1

（　）内は解説者　品切の節はご容赦ください

（　）内は解説者。品切の節はご容赦下さい。

辰巳芳子
食といのち
母娘2代にわたって日本の風土に適した食を探求してきた料理家が、「食といのち」をめぐり、福岡伸一氏ら各界の第一人者四人と対談。いのちを養う粥、スープのレシピも収録。

た-73-2

ちきりん
未来の働き方を考えよう
人生は二回、生きられる
先の見えない定年延長が囁かれる中ホントに20代で選んだ仕事を70代まで続けるの？　月間200万PVを誇る人気ブロガーが説く「人生を2回生きる」働き方。（柳川範之）
ち-7-1

つばた英子・つばたしゅういち
きき がたり ときをためる暮らし
夫婦合わせて一七一歳。自宅のキッチンガーデンで野菜を育て、手間暇を惜しまず半自給自足の生活を営む。常識にとらわれず自己流を貫いてきた二人から、次世代への温かなメッセージ。

つ-24-1

中川翔子
「死ぬんじゃねーぞ!!」
いじめられている君はゼッタイ悪くない
中学高校といじめられ、「死にたい夜」を過ごした中川翔子が傷つき悩む十代のために叫ぶ魂のエール。文庫化に際し、単行本刊行後に中川さんが考えたことを綴った一章を追加。
な-85-1

藤原智美
つながらない勇気
ネット断食3日間のススメ
ことばがデジタル化への変貌を遂げている今こそ、人間本来の思考力と想像力を取り戻し、豊かな人間関係を築き孤独に耐える力を培う為に、書きことばの底力を信じよう。（山根基世）
ふ-29-2

柳田邦男
犠牲（サクリファイス）
わが息子・脳死の11日
「脳が死んでも体で話しかけてくる」。自ら命を絶った二十五歳の息子の脳死から腎提供に至るまでの、最後の十一日間を克明に綴った、父と子の魂の救済の物語。（細谷亮太）
や-1-15

山崎章郎《ふみお》
病院で死ぬということ
人間らしい、おだやかな時間と環境の中で、生き、そして最期を迎えるために——人間の魂に聴診器をあてた若き医師の厳粛な記録。これがホスピスを考える問題提起となった。（柳田邦男）
や-26-1